Heinz Gövert

B e i n a h e   b e r ü h m t...

- Als Sex, Drugs & Rock 'n' Roll ins Ruhrgebiet kamen -

Eine Erzählung

Der Autor, 1972

(Führerschein-Foto)

… für Christine

***

Bibliografische Information der Deutschen Nationalbibliothek:
Die Deutschen Nationalbibliothek verzeichnet diese Publikation in
der Deutschen Nationalbibliografie; detaillierte bibliografische
Daten sind im Internet über http://dnb.dnb.de abrufbar.

Herstellung und Verlag:

BoD - Books on Demand, Norderstedt

ISBN 978-3-7322-8237-1

1

Sweety lag entspannt im Liegestuhl auf der Terrasse seiner Penthousewohnung. Versonnen lächelnd sah er seinem zweijährigen Enkel zu, der mit einer kleinen, rotgelben Plastikgießkanne bewehrt, die Blumen und Bäume wässerte. Es war ein heißer Sommernachmittag. Der Kleine war mit viel Eifer und großem Ernst bei der Sache – offensichtlich in dem Bewusstsein, dass er etwas Wichtiges erledigte, das sonst nur von Erwachsenen getan wird. Als er so da lag und den Kleinen beobachtete, der sich noch ein wenig unbeholfen zwischen den Pflanzen bewegte, erlebte Sweety einen jener äußerst seltenen Momente in seinem Leben, in denen die Dinge einen Sinn zu ergeben schienen und er im Einklang mit sich, Gott und der Welt war. Ein Moment von Zufriedenheit und Glück. Ihm kam eine Szene mit *Marlon Brando* aus *Der Pate* in den Sinn – nämlich als *Don Vito Corleone* zwischen den auf lehmig - staubigem Boden dicht gewachsenen, mannshohen Tomatenpflanzen beim

Versteckspielen mit seinem Enkel das Zeitliche segnete. In einer TV-Kultursendung, die Sweety vor kurzem gesehen hatte, wurde behauptet, dass Brando mit seiner Darstellung eines *Paten* zahlreichen echten Mafia - Bossen ein idealtypisches Bild geliefert habe. Hochrangige Mafiosi hätten sich bemüht, es in Sprache, Mimik und Gestik Don Vito gleichzutun. Wohlgemerkt: Brando habe keine Vorbilder oder reale Bezugsfiguren gehabt, an denen er sich bei der Gestaltung seiner Rolle als *Pate* hätte orientieren können. Er habe vielmehr selbst eine Figur mit einem einzigartigen und unverwechselbaren Charakter geschaffen. Wie dem auch immer sei – Sweety hatte Don Vitos klare Ansagen à la „Wir werden ihm ein Angebot unterbreiten, das er nicht ausschlagen kann!" oder „Schickt ihn zu den Fischen!" in dem Film gemocht. Wenn Sweety jetzt hier, bei seinem Enkel, der ihn gerade wieder um Auffüllen seiner Gießkanne mit frischem Wasser für die Pflanzen bat, wie Don Vito den Löffel abgeben würde, dann wäre das aus seiner Sicht eigentlich ganz okay! Er verspürte die

Gewissheit, dass zumindest ein Teil von ihm in dem Kleinen weiter leben würde. Jedenfalls fühlte Sweety sich seinem Enkel sehr nah und er fand es toll, „Oppa" zu sein! Jawohl - Oppa mit Doppel „P" – so wie das Wort im Ruhrpott gesprochen und geschrieben wird! So wie es hier auch „Omma", „Mamma" und „Pappa" heißt! Sweety ging in die Küche, füllte die Gießkanne mit lauwarmem Wasser auf und brachte sie dem Kleinen auf die Terrasse zurück, wo dieser unverzüglich die Bewässerung der Pflanzen fortsetzte. Dann schaltete Sweety sein Transistor-Kofferradio ein, richtete die Lehne seines Liegestuhls ein wenig auf, setzte sich, schloss halb die Augen und hing seinen Erinnerungen nach.

2

„Sie wollen euch als Vorgruppe für die gesamte Europa-Tournee! Ihr habt Zeit, es euch bis morgen Mittag zu überlegen." Dieses Angebot unterbreitete ihnen ein namhafter Konzertveranstalter und Musikmanager unmittelbar nach ihrem Auftritt in Halle II der *Westfalenhallen Dortmund* im Jahr 1983. Sie hatten die Halle zum Kochen gebracht, obwohl sie nur als Vorgruppe für eine britisch-amerikanische Heavy-Metal-Band aufgetreten waren. Es hatte minutenlange, frenetische „Zugabe, Zugabe" - Rufe des Publikums gegeben, das mehrheitlich nicht ihretwegen gekommen war und die hohen Eintrittspreise nicht ihretwegen gezahlt hatte. Jetzt also sollten sie die ganz großen europäischen Bühnen rocken, mit einem unterzeichneten Vertrag und allem Drum und Dran. Auch die Produktion einer LP nach dem Ende der Tournee sollte Bestandteil des Vertrags werden. Endlich standen sie vor dem ganz großen Durchbruch! Die Chance war da! Sie mussten nur noch zugreifen. Etwa 15 Jahre lang hatten sie auf ein solches Angebot hingearbeitet, für die Musik gelebt, alles gegeben. Jeder von ihnen war einen langen und steinigen Weg gegangen, bevor sie gemeinsam an diesem Punkt angelangt waren…

3

„Ich glaub', es hackt!" Les war stinksauer. Ulli hatte
ihm gerade - im Frühjahr des Jahres 1968 - mitgeteilt,
dass er doch lieber „'was in Richtung *Kunst* machen"
und deshalb mit dem Schlagzeugspielen aufhören
wolle. „Nimm's nicht persönlich!", bat Ulli
beschwichtigend. „Ich soll's also nicht persönlich
nehmen?!", fragte Les ziemlich ungehalten. „Wie soll
ich's denn nehmen? Als *Gruppe*???" Ulli zuckte ratlos
mit den Schultern. Er war ein schwarzhaariger,
dynamischer und sehr sympathischer Typ, der
unglaublich gut zeichnen und malen konnte. Er
brachte Sweety eine Menge über Perspektiven beim
Malen von Landschaften bei. Später studierte Ulli
übrigens Architektur und entwarf das neue Stadion für
den *BVB 09* – also den Erweiterungsbau des 1974
errichteten *Westfalenstadions* – mit nun 80.647
Zuschauerplätzen das größte Stadion der Bundesliga.
Ab 2005 wurde das Westfalenstadion umbenannt und
trägt jetzt bekanntlich den Namen einer

Versicherungsgruppe mit dem Zusatz „*Park*".
„Scheißkommerzialisierung des Fußballs! Ein eklatanter Traditionsbruch!", dachte Sweety damals. Bis heute kann er sich nicht mit dem neuen Stadionnamen anfreunden. Klar, der Verein kassiert nicht schlecht für die Werbung über den Stadionnamen. Das Gehalt von so manch' gutem Spieler kann von den Einnahmen finanziert werden! Aber müssen die Farben des Firmenlogos dieser Versicherung ausgerechnet mit denen von *Herne-West* übereinstimmen – blau-weiß!?? Das geht eigentlich überhaupt nicht – 'mal ganz von Kommerzialisierung und eklatantem Traditionsbruch abgesehen.

Na ja, damals vor 45 Jahren spielte die *Borussia* jedenfalls noch im 1926 eröffneten Stadion *Rote Erde* und die Welt war hinsichtlich des Stadionnamens noch in Ordnung. In sportlicher Hinsicht war sie es auch (noch)! Zwei Jahre zuvor, am 05. Mai 1966, hatte die von *Willi „Fischken" Multhaup* trainierte Mannschaft um *Lothar „Emma" Emmerich* und *Sigfried „Siggi"*

Held im Finale im *Hampden Park* von *Glasgow* gegen den *FC Liverpool* nach Verlängerung mit 2:1 den Europapokal der Pokalsieger nach Dortmund geholt! Den Siegtreffer erzielte in der 106. Minute *Reinhard „Stan" Libuda* auf sensationelle Weise – mit einer fast von Höhe der Mittellinie vom rechten Spielfeldrand aus geschossenen „Bogenlampe". Dieses Spiel, das Sweety vor dem Schwarz-Weiß-Fernseher bei seinem Oppa „live" verfolgt hatte, würde er niemals vergessen! Es war eines jener Spiele, die sich in das kollektive Gedächtnis aller echten BVB-Fans eingebrannt haben. Noch heute hat Sweety die komplette Aufstellung der legendären 66er Mannschaft im Kopf. Sie spielte mit *Hans Tilkowski* im Tor, *mit Gerd Cyliax, Wolfgang Paul, Rudi Assauer* und *Theo Redder* in der Abwehr, mit *Dieter „Hoppy" Kurrat, Alfred Schmidt* und *Willi Sturm* im Mittelfeld und mit *Reinhard „Stan" Libuda, Sigfried „Siggi" Held* und *Lothar „Emma" Emmerich* im Sturm. Die namentliche Nennung aller Spieler hier an dieser Stelle erfolgt aus Respekt und Dankbarkeit – und mit einer tiefen Verbeugung vor dieser großen Mannschaft.

Jedenfalls war Les sauer. Stinksauer! Er wollte endlich die Band auf die Beine stellen. Ulli und er waren bislang die einzigen Bandmitglieder. Und jetzt sprang Bandmitglied Nummer 2 auch noch ab, bevor die Band überhaupt komplett war. Sweety, der Zeuge von Ullis Geständnis wurde, witterte seine Chance. Er hatte schon länger den Wunsch verspürt, selber die Drums zu spielen. Bereits als Kind hatte er mit Kochlöffeln auf Töpfen und Pfannen getrommelt. Er wusste nicht warum. Vorbilder hatte er damals keine. Eine seiner Tanten erzählte ihm später einmal, dass sein längst verstorbener Onkel vor dem Krieg Jazz-Drummer gewesen war. Vielleicht war das eine Erklärung. Spätestens aber seit er 1963 die Single-Schallplatte *She loves you* zum Geburtstag geschenkt bekommen hatte, war ihm klar, dass er Drummer werden wollte. *She loves you* war einer der ersten *Beatles*-Songs, der ihm jetzt, 5 Jahre später, doch als ziemlich peinlich erschien

– besonders nachdem er die *Rolling Stones, The Who* und kürzlich erst diese neue Band – *Led Zeppelin* – gehört hatte. Egal, damals vor 5 Jahren hatten ihm die leicht ekstatische Dynamik und der hämmernde Beat des Songs gut gefallen. Es war eben ein ganz ungewöhnlicher, neuer Sound! Vorher hatte er nur *Rudi Schuricke* mit *Die Capri Fischer, Freddy Quinn* mit *Heimweh, Fred Bertelmann* mit *Der lachende Vagabund* und andere 50er-Jahre-Schlager bei seinen Großeltern zu hören bekommen. Seine Eltern hatten eigentlich nie Musik gehört. Seine Mamma hatte angeblich früher 'mal Klavier gelernt. Er hat sie allerdings nie spielen hören. Außerdem wusste er bei seiner Mutter nie, wie hoch der Wahrheitsgehalt ihrer Erzählungen von „früher" war. Angeblich hatte sie auch astrein gemalt. Sie beschönigte ihre Erinnerungen an „früher", indem sie immer etwas auf die Seife haute (Übersetzung für Nicht-Ruhries: …, indem sie immer ein wenig übertrieb). Das tat Sweety gelegentlich auch, obwohl er sich ernsthaft bemühte, die Dinge nüchtern zu betrachten.

„Wenn Ulli mir ein bisschen 'was beibringt, könnte ich doch einspringen", sagte Sweety gespielt beiläufig. „Kann ich machen", griff Ulli die verbale Steilvorlage zur Entschärfung der Situation dankbar auf. „Allerdings habe ich nur eine Woche Zeit, dir ein paar Grundbeats zu zeigen. Hab' schon 'nen Käufer für meine Schießbude. Ich brauch' die Knete!" Das bedeutete im Klartext, dass Sweety sich ein eigenes Drum-Set besorgen musste.

Einige Monate später, kurz vor Ende des Sommers, suchte Sweety Les auf. Er hatte ihm etwas mitzuteilen. Les' Mutter, die ein wenig traurig zu sein schien, ließ ihn in den im äußersten Dortmunder Süden gelegenen, freistehenden Fertigbau-Bungalow ein. Das Haus von Sweetys Eltern lag nur etwa fünfzig Meter unterhalb von diesem Bungalow. „Ah, komm' doch rein! Mona ist auch schon bei Eberhard im Zimmer", begrüßte Les' Mutter ihn. So hieß Les eigentlich – Eberhard. Irgendwie war das aber ein ganz und gar ungeeigneter Name für den Gitarristen einer Beat-Band. Also nannte er sich „Les" - nach dem berühmten US-Gitarristen *Les Paul*. Die Firma *Gibson* stellte – und stellt noch – eine ziemlich angesagte Solidbody E-Gitarre her, die nach den Entwürfen dieses Gitarristen gebaut wurde, die *Gibson Les Paul*. Die musste Les natürlich unbedingt irgendwann haben. Sweety hieß damals auch noch nicht „Sweety". So hieß er erst kurze Zeit nach den ersten Auftritten der Band in verschiedenen Jugendfreizeitstätten im Dortmunder Süden. Die Mädchen fanden ihn, den Drummer der Band, „sooo süüüß!" Die anderen Jungs machten sich daher einen Spaß daraus, ihn fortan „Sweety" zu nennen. Eigentlich mochte Sweety diesen Spitznamen nicht, aber er lernte, damit zu leben. Lieber war ihm *Clint* - wie ihn einige seiner Klassenkameraden aus der Oberstufe des Gymnasiums nannten – wegen der vermeintlichen Ähnlichkeit seiner Gesichtszüge mit dem damals noch jungen US-Schauspieler *Clint Eastwood*. In der Rolle des zynischen Fremden ohne Namen, der seinen Gegnern mit aufreizender

Lässigkeit in einem Poncho gegenübertritt, war Clint in zahlreichen Filmen der Italo-Western-Welle bereits 1968 zu einer Ikone der Popkultur avanciert.

„Komm' 'rein, Alter!", rief Les, nachdem Sweety an der Tür zu Les' Zimmer geklopft und sinnigerweise „Ich bin's!" gerufen hatte. Les sah dem von ihm hochgeschätzten irischen Blues-Rock Musiker *Rory Gallagher* zum Verwechseln ähnlich. Er war von kräftiger Statur, hatte schulterlanges, leicht lockiges, dunkelbraunes Haar und ein waches Gesicht, aus dem stahlblaue, stets leicht wässerig wirkende Augen hervorstachen. Les saß weit nach hinten gelehnt auf seiner Bettcouch und hatte Mona auf seinem Schoß. Mona sah Sweety herausfordernd an, wobei sich in ihrem Gesicht eine Mischung aus Neugier, Scham und einer Art von Überlegenheit widerspiegelte, die aus vermeintlich geheimem Wissen um das Besondere der Situation resultierte. Sweety schnallte die Lage sofort, tat aber so, als wäre nichts. Mona saß natürlich nicht „einfach so" auf Les' Schoß. Sie war eine rothaarige

17-jährige mit großen grünen Augen und ein echtes Kind der sexuellen Revolution der 60er. Seit die Antibabypille – kurz *Die Pille* genannt – 1961 auf den deutschen Markt gekommen war, taten sich für die Mädels ganz neue Perspektiven auf. In jeder Hinsicht! Besonders die ökonomische Abhängigkeit vom Mann als Versorger der an das Haus und den gemeinsamen Nachwuchs gebundenen Frau entfiel weitgehend. Eine Familienplanung konnte partnerschaftlich und unter Berücksichtigung selbstbestimmter Ausbildungs- und Karrierewünsche von Frauen erfolgen. Bereits im Jahre 1976 verhüteten drei Viertel der 18- und 19-jährigen Frauen mit der „Pille". Die britische Wochenzeitschrift *The Economist* bezeichnete die Antibabypille als die Erfindung, die das 20. Jahrhundert maßgeblich prägte.

Mona trug eine weiße, nicht ganz blickdichte Rüschenbluse – ohne BH darunter, wie es die meisten Hippie-Mädchen ein Jahr später nach dem legendären *Woodstock-Festival* auch taten. Sie hatte den obligatorischen Falten-Mini-Rock mit schottischem Karomuster an. Dazu trug sie weiße Kniestrümpfe und schwarze, halbhohe Riemchenschuhe mit dem damals modischen breiten Absatz. Mona war so etwas wie eine „frühe" *Sharon Stone.* Sie liebte es, genau wie Sharon während der berühmten Verhörszene auf der Polizeiwache in dem 1992 erschienen Film *Basic Instinct,* die Beine lasziv übereinander zuschlagen und – ohne Höschen unter ihrem Rock – für einen Sekundenbruchteil den Blick auf ihre Muschi freizugeben. Jedenfalls wussten immer alle Bandmitglieder, dass sie auch „unten herum" eine echte Rothaarige war – was sie in den Augen der Jungs in gewisser Weise adelte. Eine echte Rothaarige, nicht eine, die sich die Haare mit Henna rot gefärbt hatte, das war schon etwas ganz Besonderes! Das hatte Klasse!

10 Jahre später trat Mona dem *Club 27* bei, dessen wohl bekannteste Mitglieder *Brian Jones, Jimi Hendrix, Janis Joplin, Jim Morrison* und *Kurt Cobain*

sind. Am 23. Juli 2011 wurde bekanntlich auch *Amy Winehouse* in diesen ominösen *Club 27* aufgenommen. Alle Mitglieder hatten „erfolgreich" nach dem Motto „Live fast – die young!" gelebt und alle hatten im Alter von 27 Jahren das Zeitliche gesegnet. Als Mona etwa 18 Jahre alt war, trennte sie sich von Les und legte fortan eine ziemlich steile Drogenkarriere hin – über Gras zu LSD bis in zu „H". Sie machte all das Elend durch, das mit einer solchen Karriere verbunden ist. Mona starb nach überstandener Hepatitis B - Erkrankung an den Folgen einer Überdosis. In der Zeit kurz vor dem Ausbruch ihrer Infektionserkrankung – so Mitte der 70er – hatte Sweety sie einmal zufällig abends auf einem Schulhof im Dortmunder Norden wieder getroffen.

Mona befand sich inmitten einer Gruppe von etwa zehn bis zwölf Junkies. Sweety erschrak bei ihrem Anblick. Sie sah aus wie ein Zombie – die Haut schon ziemlich gelb, ganz abgemagert, mit tiefen, fast schwarzen Rändern unter den Augen, viel zu stark geschminkt und ganz fahrig in all' ihren Bewegungen. Sätze brachte sie nur noch nuschelnd zustande. „Ey, Sweety, Alter! Haste 'mal 'ne Mark oder so?", haute sie ihn unvermittelt um Geld an. „Für 'n Zehner kann ich dir da hinten auch einen blasen." Mona deutete in Richtung der Büsche und Bäume, die den Schulhof säumten. Überall lagen benutzte Einwegspritzen, zusammengeknüllte Papiertaschentücher und Kondome im Gestrüpp. „Junkies' Paradise!", dachte Sweety. Hastig durchwühlte Mona sogleich ihre neongelbe Plastikhandtasche und kramte eine Packung mit Kondomen hervor. „Nee, lass' 'mal stecken, Mona! Ich hab's eilig." Sweety gab ihr einen Heiermann. Mona schien zufrieden zu sein. 5 D-Mark – so ganz ohne eine Dienstleistung erbringen zu müssen – nicht schlecht! „Und sonst so? Was macht die Band?", wollte Mona wissen. „Wir spielen demnächst auf einem Festival in der *Grugahalle* in Essen", antwortete Sweety. „Au, astrein!", rief Mona. „Bin dabei, falls ich noch Karten kriege!" „Ist leider schon ausverkauft. Ich hab's eilig. Mach's gut! Bis die Tage!

Man sieht sich!", verabschiedete sich Sweety. Sein Mitleid für Mona und die Erleichterung darüber, dieser zufälligen und von Sweety als abstoßend und erschreckend empfundenen Begegnung so schnell und relativ glimpflich entronnen zu sein, hielten sich die Waage. Er sah Mona danach nie wieder. Von ihrem Tod erfuhr er durch die Tageszeitung. Sie war eine von 623 Drogentoten in der Bundesrepublik Deutschland des Jahres 1979.

Der Tod von Mona hatte bei Sweety Spuren hinterlassen. Er fand, er müsse unbedingt einen Anti-Drogen-Song schreiben. Den Song betitelte er mit *Respect Yourself.* Nachdem er drei Strophen mit je 10 Zeilen und einen eingängigen Refrain fertig gestellt hatte, zeigte er den Text den Jungs aus der Band. Vielleicht würden ihnen ein paar gute Harmonien dazu einfallen. Der Songtext wurde mehrheitlich abgelehnt. Einzige Pro-Stimme: Sweety. Die Jungs fanden ihn „zu moralisierend". Sweety tröstete sich mit dem Gedanken, dass die Zeit für Anti-Drogen-Songs einfach noch nicht reif sei.

Auch Ende der 70er hingen immer noch viele dem Glauben von der „bewusstseinserweiternden" Wirkung von Drogen an. Der *Beatles* Song *Lucy in the Sky with Diamonds* aus dem Jahr 1967 und der Drogenapologet *Timothy Leary*, der in den 60er und 70er Jahren den freien und allgemeinen Zugang zu psychedelischen Drogen vehement propagierte, mussten als Rechtfertigung für den Konsum illegaler Drogen herhalten. *John Lennon*, von dem der Text des Beatles Songs stammte, versicherte später, dass der Hintergrund des Songs ein ganz anderer war und er schwor „...bei Gott oder Mao oder bei wem auch immer Sie wollen, dass ich keine Ahnung hatte, dass man den Titel *LSD* abkürzen kann."

„Hab' in den Ferien im Gartenbau im *Westfalenpark* gejobbt und mir gestern ein Schlagzeug aus 'nem Versandhauskatalog bestellt", sagte Sweety und setzte sich in einen der beiden Sessel, die in Les' Zimmer standen. Seinen Stolz und seine Freude konnte er bei Überbringung dieser Nachricht nur mühsam unterdrücken. „Keine hohe Qualität, aber für den Anfang wird's reichen."

Mit der Qualität von Drumsets hatte Sweety sich intensiv beschäftigt. Er hatte herausgefunden, dass eine gute Snare-Drum, die so genannte „kleine Trommel", schon ein ziemlich tiefer Kessel – so in etwa 14 x 6,5 Zoll - aus nahtlos geschweißtem Metal sein sollte. Tom Toms und Bass-Drum sollten jeweils aus einem Holzstück ohne geklebte Nahtstelle gefertigt oder wenigstens mit einer Innenbeschichtung versehen sein. Zu einer Trommel gebogene und dann zusammengeklebte Holzplatten wollen in ihre Ausgangsposition zurück. So hergestellte Trommeln stehen daher immer unter Spannung, wodurch beim Anschlag ein leichtes Surren verursacht wird. An ein sauberes Stimmen ist da gar nicht zu denken! Hi-Hat-Becken, Ride-Becken, Crash-Becken, China-Becken und Splash- und Effekt-Becken sollten nicht gestanzt sein, sondern aus einer bei exakt 1.150 Grad Celsius geschmolzenen Kupfer-Zinn-Mischung oder aus Bronze bestehen, in Handarbeit mit dem Hammer vollendet! Nur so ist ein guter Klang gewährleistet! Die Sticks müssen aus Hickoryholz, Eiche oder Ahorn sein – für Sweetys Handgelenke und Hände in Größe 5B – mit und ohne Plastikspitze. Einige Jahre später konnte Sweety sich tatsächlich ein Drum-Set leisten, das alle diese Qualitätsmerkmale aufwies.

Das Geld, das Sweety mit seinem Job im Westfalenpark verdient hatte, reichte allerdings nur, um sich ein Schlagzeug für Anfänger aus dem Versandhauskatalog zu bestellen. Er hatte dafür 6 Wochen lang im *Westfalenpark* und auf den umliegenden öffentlichen Rasenflächen an der B1 Rasenkanten gestochen, Unkraut gejätet und Rasen gemäht. Sweety durfte einen dieser großen amerikanischen Rasenmäher fahren, mit seitlich ausklappbaren, waagerecht rotierenden Scheren. Wenn er und sein Kumpel Uwe, auch ein Ferienjobber, die Böschungen mähten, dann hatten sie oft neugierige Zuschauer. Gerade nach Regen, wenn die Böschungen leicht matschig und sehr rutschig waren, saßen sie nicht auf den Maschinen, sondern stellten sich seitlich auf den Rand und lehnten sich wie Windsurfer ganz nach hinten, um einem Abrutschen der schweren Mäher am Hang durch ihr Körpergewicht entgegen zu wirken. Mit dieser akrobatischen und ein wenig gefährlichen Nummer hatten sie die Show im Kasten!

Uwe fuhr übrigens den heißesten *VW-Käfer* in ganz Dortmund. Er benötigte das Geld aus dem Ferienjob, um seinen Boliden weiter tunen zu können. Autotuning war Uwes Ding. Sein „Herbie" war bereits tiefer gelegt, mit Front-Spoiler, Lederlenkrad, Sportschaltung, Überrollbügel, breiteren Reifen, Doppelvergaser und entsprechender Auspuffanlage mit zwei dicken Endrohren aus Chrom ausgestattet. Jetzt mussten unbedingt zwei *Recaro-Rennsportsitze* aus Leder mit Hosenträgersicherheitsgurten für den

Fahrer und den Beifahrer her. Eine neue Lackierung des Wagens war auch fällig. Uwe war ein sportlicher Typ. Schwarzhaarig, breitschultrig, mittelgroß. Ein gut trainierter Karatekämpfer. Karate war Uwes zweite große Leidenschaft. Zu seinem Leidwesen hatte er einen ziemlich großen „Zinken" im Gesicht, der einem *Cyrano de Bergerac* alle Ehre gemacht hätte. Uwe war eigentlich immer auf der Jagd nach Mädels. Er kleidete sich elegant, etwa wie später in den 80ern *Brian Ferry* – taillierte schwarze Leder-jacke weißes Hemd, schwarzer Lederschlips, schwarze Hose. Ständig probierte er irgendwelche edlen und teuren Duftwässerchen für Herren aus. Seinen getunten Käfer nutzte er erfolgreich als Mittel zur Balz. Er hatte eigentlich immer gut aussehende Beifahrerinnen.

Einmal verfingen sich beim Mähen an der B1 mehrere Stanniolpapierschnipsel von achtlos auf den Rasen geworfenen Eistüten in einem der Rotoren und legten ihn lahm. Uwe griff in die Scherenblätter, allerdings ohne vorher die Zündkerzenstecker am Motor abzuziehen, wie es eigentlich üblich ist. In dem Moment, in dem er den letzten Papierschnipsel gerade entfernt hatte, setzte sich die Rotation der Scheren ruckartig wieder in Bewegung. Zwei Kuppen von Uwes Fingern wurden dabei abgeschnitten. Sweety verband Uwe notdürftig, sammelte die abgeschnittenen Fingerkuppen ein, wickelte sie in ein Taschentuch und steckte sie in die Jackentasche. Dann verfrachtete er Uwe auf den Beifahrersitz des LKW, mit dem sie die Mähmaschinen an diesen Einsatzort außerhalb des Westfalenparks transportiert hatten, und fuhr in Richtung *Städtische Kliniken* in der Dortmunder Innenstadt.

Sweety war zu dieser Zeit noch gar nicht im Besitz einer gültigen Fahrerlaubnis. Er hatte weder einen Führerschein für PKW, noch für LKW. Aber er konnte fahren! Das hatte er schon mit zwölf Jahren auf dem Bauernhof seines Großonkels im Münsterland gelernt. Dort durfte er Trecker fahren, so oft und so lang er wollte. Und später, so mit 17 Jahren, hatte er nachts den Autoschlüssel seiner Mutter vom Türhaken genommen, ihren Peugeot leise aus der Garage geschoben und in etwa 30 Meter Entfernung zum Haus angelassen. Dann hatte er Les abgeholt, um zu einer Fete irgendwo in der Innenstadt zu fahren. Es gab damals immer eine Fete irgendwo in der Stadt. Manchmal, so um 3 Uhr morgens auf der Heimfahrt, hatten sie einen Streifenwagen an den Hacken. Sweety schaltete dann sofort das Licht aus, und mit vollem Tempo ging's ab in Mutters Garage. Das Garagentor ließ Sweety für solche Fälle immer offen stehen. Also ab in die Garage und das Tor von innen verriegelt. Dann hieß es abwarten, bis der ihn verfolgende Streifenwagen vorbeigefahren war. Sweety konnte ihn aus einem Spalt im Garagentor beobachten. Zwischen dem Schließen des Garagentores und dem Vorbeifahren des Streifenwagens lagen oft nur Sekunden. Das war jedes Mal der pure Adrenalinschub! Jedenfalls fuhr Sweety alles, was vier oder mehr Räder hatte.

Da Sweety mit Uwe und den beiden abgeschnittenen Fingerkuppen im LKW ziemlich flott
unterwegs war, erregte er bald die Aufmerksamkeit
zweier Polizisten der Motorradstaffel. Sie stoppten
Sweety und eincr der Polizisten fragte nach dem
Grund für seine Eile. Sweety deutete auf Uwes Hand,
zog dann das Taschentuch aus der Jackentasche und
schlug es auf. Angesichts der beiden Fingerkuppen
im Taschentuch, die wie eine „eindeutige Botschaft"
in einem Mafia-Film wirkten, kam der Polizist gar
nicht auf die Idee, Sweety nach seinem Führerschein
zu fragen. Er erschrak vielmehr etwas und rief
„Folgen Sie uns! Wir geleiten Sie zur Klinik!" Sie
bestiegen ihre Motorräder, schalteten das Blaulicht
ein und Sweety folgte ihnen – mit noch höherer
Geschwindigkeit als zuvor ohne Geleitschutz. Sweety
fand es toll, eine eigene Polizeieskorte zu haben, die
ihm den Weg durch den Straßenverkehr freimachte –
und das, obwohl er keine „Fleppe" besaß. Über Funk
hatte einer der umsichtigen Polizisten bereits die
Notaufnahme verständigt, so dass bei ihrer Ankunft

schon ein Notarzt und ein Sanitäter mit Rettungsbahre bereit standen, um Uwe in Empfang nehmen zu können. Sweety übergab ihnen Uwes Fingerkuppen mit dem Hinweis „Vielleicht könnt ihr ihm die hier wieder annähen!" Dann ging Sweety zu den Polizisten, bedankte sich sehr(!) herzlich für deren Geleit und die erwiesene große Umsicht, stieg in den LKW und fuhr zurück zum Einsatzort der Mähmaschinen. Uwes Fingerkuppen konnten leider nicht angenäht werden. Sie wurden später im Rahmen einer Grill-Fete im Garten eines Freundes durchaus würdevoll beigesetzt.

Nachdem das Schlagzeug nach einigen Tagen, die Sweety wie eine halbe Ewigkeit vorkamen, geliefert worden war, begann er damit, Schlagzeugunterricht zu nehmen. Er erteilte Nachhilfe in Englisch und betätigte sich als Balljunge in einem Tennisclub, um den Schlagzeugunterricht finanzieren zu können. Sein Schlagzeuglehrer war ihm durch die *Städtische Jugendmusikschule* vermittelt worden. Er war ein britischer Jazz-Drummer, mit dem typisch englischen Vornamen *James*, der in einem engen Holzverschlag im Keller eines Hochhauses unterrichtete. Oben im 8. Stock hatte er seine Wohnung. Das Hochhaus befand sich unmittelbar neben dem *Dortmunder U*. Der zwischen 1926 und 1927 entstandene *U-Turm* war eines der ersten Hochhäuser in der Stadt. Er war das Gär- und Lagerhochhaus der *Dortmunder Union Brauerei* – eine von damals insgesamt acht Großbrauereien in Dortmund. Seit 1968 prangt das markante, vierfache, neun Meter hohe, beleuchtete goldene „*U*" auf dem Dach des dunkelroten Stahlbetonbaus. Noch heute hat Sweety den leicht süßlichen, herb-würzigen Geruch der Maische in der Nase, der vom „*U*" – Gebäude ausgehend in der östlichen Innenstadt verströmt wurde. Heute steht das *Dortmunder U* unter Denkmalschutz und wird als Kultur- und Kreativzentrum genutzt. Unter anderem ist dort auch seit 2010 das *Museum Ostwall* der Stadt Dortmund für die Kunst des 20. und 21. Jahrhunderts untergebracht – ein Museum, das zuvor 60 Jahre lang seinen Sitz "*Am Ostwall*" hatte.

Sweety freute sich jedes Mal auf seine Schlagzeug-stunde, die immer montags und donnerstags von 15.00 bis 16.00 Uhr stattfand. Mit Bus und Bahn brauchte er jeweils eine Stunde für die Anreise aus dem Dortmunder Süden bis in die westliche Innenstadt. Er holte seinen Schlagzeuglehrer aus dem 8. Stock ab, um dann gemeinsam mit ihm im Fahrstuhl in den fensterlosen Kellerraum zu fahren, wo das Schlagzeug stand. Meist musste er James aus dem Bett klingeln. Von der Wohnungstür aus konnte er kurz einen Blick auf die wöchentlich wechselnden, nur wenig oder gar nicht bekleideten Gespielinnen seines Lehrers werfen. Offensichtlich lebte James nach dem damals gängigen Motto „Wer zweimal mit derselben pennt, gehört schon zum Establishment". James gehörte definitiv nicht zum Establishment!

Sweety wollte in seinen Übungsstunden eigentlich gleich mit verschiedenen Grundrhythmen unter

Einbeziehung sämtlicher Trommeln und Becken loslegen, doch in den ersten Monaten ließ ihn sein Lehrer ausschließlich so genannte *Rudiments* aus der Militärmusik ausschließlich auf der Kleinen Trommel üben – *Single- und Double Strokes, Single- und Double Rolls, Paradiddles, Flams, Flam Paradiddles, Triolen, Drag Taps, Drag Ruffs* usw., usw. – und alles nach Noten! Erst viel später stellte Sweety fest, dass ihm diese knochentrockenen Übungen doch sehr geholfen haben – besonders beim Einstudieren von Schlagzeugsoli.

Sehr hilfreich für das Erlernen des Schlagzeugspiels waren für Sweety auch Besuche im *Freizeitzentrum-West*, in dem jeweils samstags hervorragende Bands spielten. Sweety stellte sich immer seitlich an die Bühne, so dass er einen freien Blick auf die Fußmaschine an der Basstrommel hatte. So hat er in Sachen Fußmaschinentechnik für die Bass-Drum eine Menge gelernt. Vor allem *Ralf „Ralle" Bloch*, der Schlagzeuger der *Red Roosters*, aus denen später

Epitaph hervorgingen, war ihm ein großer Lehrmeister. Aber auch im *Fantasio*, einem Club, der von dem holländischen *DJ Ruud van Laar* auf der Brückstraße betrieben wurde, konnte Sweety ausgezeichnete Schlagzeuger studieren. *Yes* und *Iron Butterfly*, die auf *In-A-Gadda-Da-Vida* eines der ersten Schlagzeugsoli der Rockgeschichte aufgenommen hatten, spielten unter anderem in diesem Club. Gute, international anerkannte Musiker konnten auch im *Jazzclub domicil* an der Leopoldstraße gehört werden – wie zum Beispiel *Alexis Korner, Jasper van't Hof* oder *Albert Mangelsdorff.* Von diesen Musikern konnte man eine ganze Menge lernen!

„Ich hab' auch 'ne Neuigkeit zu vermelden", sagte Les, während Mona sich wohlig auf Les' Schoß leicht auf und ab bewegte und Sweety dabei weiter herausfordernd ansah. „Meine Omma hat vergangene Nacht den Löffel abgegeben." „Mein Beileid!", fühlte Sweety sich zu sagen bemüßigt, obwohl Les nicht wirklich betroffen zu sein schien. Jetzt wusste er allerdings, warum Les' Mamma so traurig gewirkt hatte, als sie ihm die Tür geöffnet hatte. „Die gute Nachricht ist", fuhr Les fort, „dass sie mir 8500 Mark vererbt hat. Morgen fahren du und ich in die Stadt und dann kaufen wir ganz groß ein!"

Les hatte siebzehn 500 D-Markscheine zu einem Bündel zusammengerollt und ziemlich achtlos in eine der beiden Brusttaschen seiner Jeansweste gestopft. Der obere Rand des Geldbündels lugte ein Stück hervor, was Les aber nicht weiter störte. Sweety war wegen Les' Acht- und Arglosigkeit etwas besorgt. 8500 DM waren 1968 ein Vermögen! Les und Sweety bestiegen den Bus der Linie 64 und machten sich auf den Weg zu *Musik Jellinghaus* in der Dortmunder Innenstadt. Am *Parkhaus Barop* an der Stockumer Straße stiegen sie in die Bahn der Linie U 42 um, die sie direkt ins Stadtzentrum brachte. Im Musikgeschäft legte Les einen Einkaufsstil an den Tag, der dem späteren Einkaufsverhalten eines *Michael Jackson* sehr ähnelte – und ihm alle Ehre gemacht hätte. „Ich nehme die, diese hier, die beiden und diese beiden! Ach ja - und noch zwei hiervon!" Les deutete bei diesen Worten mit dem Finger auf zwei E-Gitarren - eine *Fender Telecaster* und auf eine *Gibson Les Paul* - auf zwei *Fender* Verstärker, zwei *Fender* Boxen und zwei *Sennheiser* Mikrofone samt Ständer. „Das war's! Bitte liefern Sie alles an diese Adresse!" Er zog einen Zettel aus der anderen Brusttasche seiner Jeansweste, auf dem die Adresse des ersten Proberaums der Band notiert war – ein Proberaum in einer Jugendfreizeitstätte der Katholischen Kirche in *Dortmund-Hombruch*. Nach dem Einkauf, der nicht länger als allenfalls fünf Minuten gedauert hatte, waren schließlich von Les' üppigem Erbe noch schlappe 100 D-Mark übrig. „Den letzten ‚Hunni' hauen wir heute auch noch auf den Kopf, Sweety!", kündigte Les an.

Les und Sweety fuhren mit der Bahn nach *Hombruch*, dem flächen- wie einwohnermäßig größten Dortmunder Bezirk, wo sie sich oft und gern aufhielten und wo Les „anne Bude" zunächst zwei dicke Havanna-

Zigarren für sich und Sweety kaufte. Die Zigarren hatten für Les 'was Macho-haftes, so von *Che Guevara* und Revolution und so. „Komm', ich lad' dich noch auf'n Eis bei Mario ein", sagte Les, nachdem sie die Havannas zur Feier des Tages genüsslich auf einer Bank am Marktplatz sitzend geraucht hatten. Endlich hatten sie die Grundausstattung für die Band zusammen. Und für die zweite E-Gitarre hatte Les schon jemanden ins Auge gefasst, der zudem ganz gut singen konnte. Jetzt brauchten sie nur noch einen Bassisten und einen Organisten – am besten einen mit 'ner echten *Hammond*. Les kannte da auch schon jemanden, den er fragen wollte. Sweety schlug vor, zur Beschaffung eines Bassisten eine Zeitungsannonce „Bassist für Beat Band gesucht" oder so ähnlich aufzugeben. Les willigte ein.

4

Mario war der Inhaber und Betreiber des *Eiscafe Venezia* auf der *Harkortstraße* – dem Hombrucher

„Broadway". Nach dem *Anwerbeabkommen* zwischen Deutschland und Italien im Jahre 1955, war Mario 1956 als einer der ersten so genannten *Gastarbeiter* aus dem strukturschwachen Süden Italiens, dem *Mezzogiorno*, nach Deutschland gekommen, hatte etwa 5 Jahre lang in den *Hoesch*-Röhrenwerken in Hombruch malocht, Geld angespart, um dann ganz in Werksnähe sein *Eiscafe Venezia* zu eröffnen, eines der ersten italienischen Eiscafes in Dortmund. Da Italien bei Eintreten des *Wirtschaftswunders* in der Bundesrepublik Deutschland – so um 1960 herum – ohnehin das Land der Urlaubsträume vieler Deutscher war, und italienisches Eis sich großer Beliebtheit erfreute, lief Marios Laden recht gut an.

Sein Eiscafe war der Treffpunkt für die Jungs des *MSC Hombruch*, einem Motorradsport-Club, dessen Mitglieder in den 50er Jahren als *Halbstarke* bezeichnet wurden, die sich jetzt aber zu veritablen *Rockern* gemausert hatten. Les kannte einige der Mitglieder, wie zum Beispiel Ursus, Körper, Kasten,

Charlie, Greifer und Lohnstreifen und stellte sie Sweety vor. Die Mitglieder des MSC waren noch ganz der Jugendkultur der 50er Jahre verhaftet und hörten auf Marios *Rock-Ola-Jukebox* ständig die alten Rock 'n' Roll – Hits von *Buddy Holly, Bill Haley, Chuck Berry, Little Richard, Jerry Lee Lewis* – um nur einige zu nennen. *Elvis*, den „King", hörten sie auch – versteht sich!!! Die meisten von den Jungs fuhren entweder eine *Harley-Davidson* – mit dem 57er Sportster- oder dem neuen 1966er VRSC-Motor – oder eine *BMW* aus der K-Reihe mit wasserge-kühltem Reihenvierzylinder-Motor.

Sonntagvormittags ging's in Kolonnenfahrt immer zum Biker-Treff auf einen der an den Serpentinen unterhalb der *Hohensyburg* gelegenen Parkplätze, in deren unmittelbarer Nachbarschaft sich heute das *Spielcasino* befindet. Von den Parkplätzen aus wurden, unter völliger Missachtung der damals vorgeschriebenen Geschwindigkeitsbegrenzung von 50km/h, artistisch-riskante Kurvenfahrten gestartet, die zu allerlei Unfällen führten. Zahlreiche Zuschauer säumten diese illegale Rennstrecke und warteten darauf, dass sich wieder ein Biker „voll auf die Fresse legt". Allerdings spendeten sie auch anerkennenden Beifall für Fahrten, bei denen die Kurven besonders flach und rasant genommenen wurden. Viele Jahre lang stellte der Umgang mit diesen Treffen und den dazu gehörenden Renneinlagen ein echtes Problem für die örtliche Polizei dar.

Lohnstreifen hieß „Lohnstreifen", weil er hinter jeder seiner Lohnabrechnungen, die zu jener Zeit noch auf länglichen Papierstreifen zusammengestellt wurden, eine Ungenauigkeit witterte und mit diesem Verdacht so ziemlich jedem auf den Geist ging. Lohnstreifen war ein hagerer, sehr drahtiger Typ mit schütterem blonden Haar, der ständig nervös wippend von einem Bein auf das andere trat und hastig im Rhythmus seines Standbeinwechsels an einer Zigarette zog oder zu Boden spuckte. Gelegentlich unterbrach er das Wippen und zeichnete mit der Spitze seiner rechten

Stiefelette einen imaginären Kreis auf den Boden. Er sah sein Gegenüber bei Gesprächen nur selten direkt an. Sein Blick schweifte immer unruhig in die Ferne – sogar in geschlossenen Räumen. Seine beiden Unterarme waren stark tätowiert. „Hömma, Sweety, du biss doch auf Höhere Schule!?? Meins du, datt diese Abrechnung korrekt is? Ich glaup' et jedenfalls nich'!", wandte er sich eines Tages an Sweety, nachdem er ihn etwas näher kennen gelernt hatte. Sweety warf einen Blick auf Lohnstreifens Lohnstreifen. Die steuerlichen Abzüge waren nach dem damals geltenden Steuersatz richtig berechnet. Ob die Abzüge der durch Krankheit bedingten Fehltage korrekt waren, konnte Sweety nicht beurteilen, da ihm die ärztlichen Attests nicht vorlagen, und auch nicht, ob die Sonderzulagen für die tatsächlich geleisteten Nacht- und Wochen-endschichten in Ordnung waren. „So wie's hier steht, ist alles korrekt", sagte Sweety, um Lohnstreifen zu beruhigen. „Schreib' dir am besten 'mal selber auf, wann du wegen Krankheit nicht malochen konntest und wann du an Wochenenden, an Feiertagen oder nachts gearbeitet hast. Dann kann man das besser mit der Abrechnung auf deinem Lohnstreifen vergleichen." „Irgendwie hab' ich aber zu wenig 'rausgekricht", insistierte Lohnstreifen. „Immer das Gleiche: Malochen musse wie'n Pferd, bezahlt wirsse wie'n Pony!", maulte Lohnstreifen weiter. „Komm, sei du 'ma ganz stiekum", warf Ursus ein, „so wie du arbeitess, möcht' ich 'ma' Urlaub machen!" Damit war das Thema durch. Ursus war nämlich der Stärkste im Club und sein *Präsident*. Er sah aus wie es sein lateinischer Clubname schon sagt – wie ein Bär. Im Kino sah Ursus sich gern *Sandalenfilme* an – also irgendwas mit Gladiatoren und mit Szenen, in denen es auf schier übermenschliche Kraftakte eines Einzelnen ankam.

Körper war der Zweitstärkste im Club. Er betrieb bereits Bodybuilding als es noch nicht Trendsportart war. Körper war Bademeister im *Froschloch*, einem Freibad im südlichen *Dortmund-Hombruch*, und

Körper war ziemlich stolz auf seinen Körper. „Fühl'
'ma'!", forderte er Sweety in bestimmten zeitlichen
Abständen und etliche Trainingseinheiten später
immer 'mal wieder auf und hielt ihm den Bizeps
seines rechten Oberarms hin. „Staun'se, wa!?? Sollte
'ma' 'n Bein werden! Tja, man muss et im Leben eben
nich' nur hier haben," sagte er, wobei er mit dem
Zeigefinger der linken Hand auf den Bizeps seines
rechten Arms deutete, „sondern auch hier!",
vervollständigte er seine Behauptung – mit dem
Zeigefinger der rechten Hand auf den Bizeps seines
linken Arms deutend. Körper hatte schwarzes, strikt
nach hinten gegeltes Haar und lange, leicht konkav
rasierte Koteletten, wie der „späte" Elvis sie trug. In
der Ausübung seines Berufes agierte Körper absolut
souverän! Sweety konnte sich bei seinen
gelegentlichen Besuchen des Freibades selber davon
überzeugen. Körpers Anweisungen nach Fehlver-
halten im und am Becken wurde stets und
unverzüglich Folge geleistet - „…, denn sonst, mein
Freund," - es folgte eine bedeutungsschwangere

Pause, in der Körpers Dominanzfinger auf den jeweiligen Delinquenten gerichtet wurde – „bist du hier schneller wieder aus'm Freibad als wie du gucken kanns! Das geht ganz schnell - ganz schnell geht das!" Körper war zudem ein rechter Charmeur! Wenn er so über die Wiesen seines Reiches wandelte, so blieb er von Zeit zu Zeit vor einer der jungen Damen stehen, die auf ihren Badehandtüchern liegend ein Sonnenbad nahmen und flirtete sie an mit Sätzen wie „Schöne Beine, junge Frau! Wie sind denn so die Öffnungszeiten?" Manchmal strahlte er sie an und rief voller Begeisterung: „Meine Fresse – hass' *Du* aber einen schönen Blasemund!" Sehr zu Sweetys Erstaunen, fühlten sich die jungen Damen trotz dieser platten und zotigen Anmachsprüche echt gebauchpinselt. Die meisten kicherten nur oder erröteten verlegen. Sweety gegenüber ließ Körper durchblicken, dass er „bei vielen von die Weiber im Bad schwer 'n Schlach wech" hätte. „Wenn ich wollte, könnt' ich jeden Tach, jeden Tach 'ne andere von die Oben-ohne-Tussis flachlegen! Aber du weiß' ja - Appetit kannse dir ruhig woanders holen, gegessen wird zu Hause!" Körper war schließlich verlobt – also in festen Händen! Außerdem war er Ursus' Vize im Club und damit Vorbild.

Bald stand in Hombruch wieder die Herbst-Kirmes an und es war wie in jedem Jahr davon auszugehen, dass die Mitglieder des rivalisierenden Motorrad-Clubs aufkreuzen würden, die dem MSC-Hombruch die Vorherrschaft im Dortmunder Süden streitig machen wollten. Auch dieser in Dortmund-Hörde beheimatete Club war noch ganz der Jugendkultur der 50er Jahre verhaftet und seine Mitglieder verehrten den früh verstorbenen US-amerikanischen Theater- und Filmschauspieler *James Dean* (1931 – 1955), der besonders durch seine Rollen in *Jenseits von Eden* und *Giganten* weltberühmt wurde.

Präsident des *James Dean Hörde* war *Der Professor*, der so ziemlich alles über Motorräder wusste, was es zu wissen gab. Eigentlich hieß er Udo. Sein Vize war

Viertel Zoll, der eigentlich Günther hieß und die schweren Militärfahrzeuge der im Dortmunder Nordosten in den *Napier Barracks* stationierten britischen Soldaten in Stand hielt oder im Bedarfsfall reparierte. Da Viertel Zoll Schraubenschlüssel und anderes Werkzeug mit englischen Maßen – also Inches bzw. Zoll – für seine Reparaturarbeiten benutzte, von denen er oft in epischer Breite berichtete, hieß er irgendwann *Viertel Zoll*. Er hatte schwarzes, vorn zu einer Tolle aufgetürmtes Haar und sah James Dean tatsächlich etwas ähnlich. Wenn Viertel Zoll so auf seiner *Harley* angetuckert kam, hatte er stets ein gar fröhlich Liedlein auf den Lippen, dessen Refrain zu einer Art Markenzeichen für Viertel Zoll wurde: „Wenn wir Geld haben, können wir Weiber lieben - wenn wir keins haben, müssen wir Kohldampf schieben!" Sein Lieblingssatz lautete: „Noch so'n Spruch – Kieferbruch!!!!"

Irgendwann landete Viertel Zoll im Knast. Er hatte mit einem Schrotgewehr durch eine geschlossene Klotür den Typen erschossen, mit dem seine Perle fremdgegangen war. Viertel Zoll hatte sie „in flagranti" erwischt. Der Liebhaber seiner Perle war in panischer Angst aufs Klo geflüchtet und hatte die Tür von innen verriegelt. Viertel Zoll erhielt lebenslänglich – also 15 Jahre, von denen er wegen guter Führung und einer günstigen Sozialprognose aber nur etwa 9 Jahre absitzen musste. Im Knast war Viertel Zoll irgendwie fromm geworden. „Bruder Viertel Zoll" las beinahe täglich in der Heiligen Schrift. Nachdem er wieder draußen war, gab Sweety ihm Nachhilfeunterricht in Englisch und Deutsch, weil Viertel Zoll an der *VHS* die Mittlere Reife nachholen wollte, was er auch geschafft hat! Sweety wiederum lernte eine ganze Menge über den Alltag im Knast, und er nahm sich ganz fest vor, nach Möglichkeit nie dort zu landen.

„Auf geht's zu einer neuen tollen Fahrt auf der Original-Raupe!", dröhnte es aus den Lautsprechern des Fahrgeschäfts. „Und die nächste Fahrt ist wieder rückwärts – bei geschlossenem Verdeck! Jetzt schnell wieder zusteigen, einsteigen, dabei sein!" Die Durchsage „bei geschlossenem Verdeck" verfehlte bei den Umstehenden nicht ihre Wirkung! Die Mädchen kicherten, und die Jungen beeilten sich, für die nächste Fahrt noch ein paar Plastik-Chips am Kassenhäuschen zu ergattern. Die jungen Männer, die als „Mitreisende" zum Fahrgeschäft gehörten, hatten voll die Show im Kasten und erfreuten sich der gesteigerten Gunst der Damenwelt. Noch bei voller Fahrt sprangen sie gekonnt auf das äußere Trittbrett der Raupe auf, kassierten von jedem der in den Wagen Sitzenden die Chips ein und sprangen wieder ab, ohne dabei zu stürzen. Eine Nummer, die gut ankam! Dazu wummerte *Bill Haleys* berühmtes *Rock Around The Clock* aus den Lautsprechern.

Die Jungs vom *MSC* standen in ihren Kutten, einer Kippe in den Mundwinkeln und mit einer Flasche Pils in der Hand locker verteilt auf den Holzplanken um die Raupe herum, während sich die Mitglieder von *James Dean Hörde* – ebenfalls mit Kutte, Kippe und Pils ausgestattet - am Autoskooter aufhielten, über dessen Lautsprecheranlage gerade *Tutti Frutti* von *Little Richard* lief und sich ein hitziges akustisches Duell mit *Bill Haley* und seinen *Comets* lieferte. Obwohl die Protagonisten eines möglichen Showdowns äußerlich ziemlich gelassen erschienen, lag Spannung in der Luft. Es war ein heißer Tag im Frühherbst, die Rhythmen von *Bill*, *Little Richard* und einigen anderen Rock 'n' Rollern vibrierten über den Kirmesplatz, die Raupe nahm volle Fahrt auf, und das Bier floss in Strömen. Ideale Voraussetzungen also für Haue!

Im Jahr zuvor hatte es unter vergleichbaren Voraussetzungen eine ziemlich üble Massenschlägerei gegeben, in die später auch zunächst völlig Unbeteiligte verwickelt wurden. Es hatte zahlreiche Schnitt- und Stichverletzungen gegeben, weil mit den Flaschenhälsen der an den Geländern der Fahrgeschäfte zerschlagenen Bierflaschen, mit Stiletten und Butterflymessern gekämpft wurde. Überall lagen achtlos entsorgte Imbissschälchen aus Pappe, zusammengeknüllte Papierservietten, ausgespuckte Kaugummiklumpen, Papierschnipsel der Losbuden („Niete") und zahlreiche Glasscherben in Pfützen aus Bier, Blut und Erbrochenem auf den Pflastersteinen des Marktplatzes. Die Sanitäter, die Polizei und – später – die städtischen Straßenreinigungskräfte hatten alle Hände voll zu tun. Sweety hatte echt Schiss, dass sich so etwas gleich wiederholen könnte - und er wäre dann mittendrin! „Weißt du was, Ursus?! Hier sind so viele Bullen in Zivil, und weiter dahinten um den ganzen Marktplatz stehen auch noch verdammt viele Streifen-wagen der Trachtengruppe, dass Haue jetzt ein echt kurzes Vergnügen würde. Gegen einige von euch läuft außerdem noch ein Verfahren wegen schwerer Körperverletzung, so dass bei einer erneuten Schlägerei die Urteile bei Gericht ziemlich heftig ausfallen werden. Das Risiko ist einfach zu groß! Lass' mich 'mal mit dem Professor reden und ihn fragen, ob man die ganze Angelegenheit nicht auf eine spätere Gelegenheit an einem anderen Ort verschieben sollte – ich mein', unter *diesen* Umständen!!!" „Mmm..., verschieben meinst du?", brummte Ursus. „Na klar!", rief Sweety, als hätte er gerade den Stein der Weisen gefunden. „So wahrt der MSC und der James Dean-Kindergarten das Gesicht!" Ursus sah Körper fragend an. Körper nickte. „Na gut, Sweety, du kannst ja gut labern. Dann mach' den Deal 'mal klar!" Sweety ließ sich den Professor und seinen Vize, Viertel Zoll, zeigen. Er kannte beide bislang nur aus Berichten. Dann marschierte Sweety 'rüber zum Autoskooter. Der Professor, der rechts vom Kassenhäuschen stand, erinnerte Sweety vom Aussehen her an *d'Artagnan* aus *Alexandre Dumas'* Roman *Die drei Musketiere* – nur dass der Professor zusätzlich eine dicke Hornbrille trug. Neben ihm stand sein Vize. Noch bevor Sweety seine vorher sorgsam zurechtgelegten Worte für die Begrüßung loswerden konnte, sagte der Professor „Hi, dich kenn' ich doch! Bist du nicht der Drummer von der Band hier aus dieser Ecke? Hab' dich und deine Jungs im *Parkhaus Barop* gehört. Nicht schlecht, nicht schlecht, Alter!"

Sweety und die Band hatten an einem „Beat-Band-Wettbewerb" im *Parkhaus Barop* teilgenommen, einer Gaststätte mit einem großen Veranstaltungssaal mit Bühne. Es war ihr allererster Auftritt und sie hatten unter 15 teilnehmenden Bands einen respektablen 3. Platz belegt. Es gab dafür immerhin noch 150 D-Mark. Um zwei Uhr morgens waren sie erst mit dem Abbau und Verladen des Band-Equipments fertig geworden und sie alle hatten tierisch Kohldampf. Also fuhren sie zum Nachtschalter des *Wienerwalds* Ecke Beurhausstraße und Hohe Straße und hauten die 150,- DM komplett für halbe Hähnchen, Phosphatstangen (Bratwürste), Fritten, Bier und Cola auf den Kopf. Am Nachtschalter des *Wienerwalds* gab es übrigens die besten halben Hähnchen, die es jemals in Dortmund gegeben hat! Echt! Das sahen alle Jungs aus der Band so!

„Danke! Freut mich, dass es dir gefallen hat! Ich hab' dir übrigens einen Vorschlag zu machen…". Sweety erzählte dem Professor das gleiche, was er Ursus auch erzählt hatte. Zu Sweetys großem Erstaunen, zeigte sich der Professor sehr einsichtig. „Ja, es ist unter diesen Umständen besser, wenn wir Ort und Zeit für die Klärung der Angelegenheit verschieben", stimmte er zu. Sweety fühlte sich erleichtert. Seine Mission als Unterhändler zur Aushandlung eines Waffenstillstandes zwischen zwei rivalisierenden Gangs war erfolgreich verlaufen. Er ahnte ja nicht, dass ausgerechnet der Ort ihres nächsten Auftritts der „Klärung der Angelegenheit" dienen würde…

5

Auf Sweetys Zeitungsannonce hatten sich mehrere Bassisten gemeldet, die zu einem Vorspielen im Proberaum eingeladen wurden. Walter und Rocco hatten beide zugesagt. Sie waren ab sofort Mitglieder der Band! Walter war etwas älter als Les und Sweety. Er war groß und schlank und hatte kurzes(!) schwarzes Haar und einen Oberlippenbart. Walter war Uhrmachermeister – hatte also bereits eine abgeschlossene Berufsausbildung. Mit 29 Jahren sollte Walter insgesamt drei Meistertitel haben. Zusätzlich zu seinem „Meister" als Uhrmacher machte er noch einen Meister als Goldschmied und einen als Augenoptiker. Walters Eltern hatten zwei Geschäfte – ein Uhren- und Schmuckgeschäft und ein Brillengeschäft. Nachdem sich seine Eltern zur Ruhe gesetzt hatten, übernahm Walter beide Läden.

Rocco war ebenfalls etwas älter als Sweety und Les. Er war leicht untersetzt und schon in jungen Jahren beinahe kahlköpfig. „Besser 'ne Glatze, als gar keine Haare!", kommentierte Rocco diesen Umstand launig. Er hatte braune Augen, die stets listig und lustig funkelten. Rocco hatte den Schalk im Nacken! Als er zur Band stieß, war er noch beim „Bund". Er hatte sich als Zeitsoldat für zwei Jahre verpflichtet und er war gerade zum Leutnant bei der 6. Panzerdivision in Unna befördert worden. Von Unna nach Dortmund war es mit dem Auto nur ein Katzensprung, so dass Rocco nach Dienstschluss abends zum Proben erscheinen konnte.

Nach seiner Zeit bei der Bundeswehr studierte Rocco Orgel- und Kirchenmusik in Münster. Bevor er zur Band stieß, hatte er die musikalische Leitung in einer Schlagercombo, die für einen jungen Dortmunder Schlagersänger tätig war. Die Eltern des Jungen, die offenbar sehr wohlhabend waren, wollten ihn auf Teufel komm 'raus ganz groß in der Schlagerszene etablieren. Er erhielt privaten Gesangsunterricht und seine Eltern engagierten für Live-Auftritte und für Studioaufnahmen die besten Musiker, die damals in und um Dortmund für Geld und gute Worte zu finden waren. Der Junge wurde zwar zu einer lokalen Schlagergröße, aber so richtig bis in die *ZDF-Hitparade,* die damals eindeutig der Olymp für Schlagermusik in Deutschland war, hat er es nie gebracht.

Les, Sweety, Rocco und Walter hatten sich bereits zwei Bassisten angehört. Sie hatten beide tolle Bass-Gitarren und Verstärker - alles sehr nobel – und sie waren so richtig auf Rockmusiker gestylt und legten das vermeintlich typische Gehabe an den Tag! Aber sie hatten es einfach nicht drauf! Überhaupt kein Feeling war bei Ihnen spürbar. Sie waren „Poser" – aber keine Musiker! Außerdem stimmte die Chemie irgendwie nicht. Sie hätten nicht in die Band gepasst.

Dann kam Freddie. Er war sogar noch ein wenig älter als Walter und Rocco. Freddie war schlank, rothaarig und er ging stets ein wenig mit seinen nach innen gerichteten Füßen „über den großen Onkel". Irgendwie erinnerte er Sweety ein wenig an *Troubadix* aus *Asterix, der Gallier*. Freddie hatte eine ziemlich verschlissene *Rickenbacker* E-Bassgitarre dabei, die er auf den Namen „Elisabeth" getauft hatte. Nachts nahm er sie sogar mit ins Bett. Viele Musiker hatten ein quasi-erotisches Verhältnis zu ihrem Instrument. Auch Sweety schlief einige Male auf einer Luftmatratze neben seinem Schlagzeug, nachdem es endlich geliefert worden war. Er streichelte nachts sanft über die noch rauen und wenig abgenutzten Trommelfelle und er liebte den leichten Holzgeruch, den sein Drum-Set verströmte. Les nahm seine *Fender* mit ins Bett.

Freddie kramte das Kabel mit den Adaptersteckern für den Verstärker aus einem kleinen Kinderkoffer aus Karton mit von Nieten verstärkter Lederumrandung hervor, in dem sich allerlei weiterer technischer Krimskrams befand. Als Freddie nach einigen Minuten zu spielen begann, haben die Jungs mit offenen Mündern gestaunt. Sie hatten nicht gewusst, dass man SO (!) Bass spielen kann. Freddie war definitiv ihr Mann! Er hatte, wie er nach dem Vorspielen erzählte, einiges von *Bernie Kolbe* gelernt, der in seiner Nähe im Dortmunder Süd-Osten wohnte und der später als Bassist bei *Epitaph* spielte, der einzig namhaften Dortmunder Rockband, die auch auf internationalem Parkett locker mithalten konnte. Freddie hatte vorher in einer der ersten Jazz-Rock-

Combos gespielt, die unter anderem in Paris und Berlin erfolgreiche Konzerte gegeben hatte. Freddie besaß zudem einen *Ford Transit,* den er „Klaus-Dieter" nannte und der fortan das Transportmittel für das Equipment der Band war. Freddies Eltern hatten einen Friseursalon und er hatte ihnen zu Liebe Friseur gelernt. Nach dem Ende seines Zivildienstes in einem Bochumer Krankenhaus machte Freddie eine Umschulung zum Krankenpfleger.

Die Band war komplett. Es fehlten nur noch ein paar Kleinmaterialien und sie konnten mit dem Proben beginnen. Les und Sweety fuhren also 'mal wieder in die Dortmunder Innenstadt, um Gitarren-Saiten, Stecker, Kabel, Trommelstöcke und einige weitere typische Verbrauchsmaterialien einer Band zu besorgen. Nach erfolgter Beschaffung der Materialien setzten sie sich wie immer, wenn sie in der Innenstadt zu tun hatten, auf die steinerne Umrandung des Beckens am *Bläserbrunnen* an der Ostseite des *Alten Marktes,* um sich ein wenig auszuruhen, eine Zigarette zu rauchen und auch, um mit den anderen „Langhaarigen" zu reden, die dort am Brunnen saßen.

Der *Bläserbrunnen* war so eine Art innerstädtischer Treffpunkt für Dortmunder Schüler, Studenten und Gewerkschaftsjugendliche. Sie diskutierten zum Beispiel über *Chancengleichheit* in der *Bildung*, über geplante Protestaktionen gegen die *Notstandsgesetzgebung* der großen Koalition, gegen den *Vietnamkrieg* oder gegen die wachsende Gefahr eines *Atomkrieges* durch die *atomare Aufrüstung* der reichen Industrienationen, insbesondere der USA.

Les und Sweety saßen also an diesem Frühlingstag im Jahr 1971 am *Bläserbrunnen* und unterhielten sich mit einigen anderen jungen Leuten über den Verlauf der „*Aktion Roter Punkt*" vom vergangenen März. Die Aktion hatte die Rücknahme der Fahrpreiserhöhung für Bus und Bahn zum Ziel. Für viele Eltern, die zwei oder drei Kinder zu weiterführenden Schulen schickten, wurden die Fahrpreise einfach zu hoch. Von den

Kommunen ausgegebene, kostenlose Schülerfahr-
karten gab's damals noch nicht. Auch bei Studenten,
Auszubildenden und Rentnern schlugen die gestie-
genen Fahrpreise schwer zu Buche! Im Rahmen dieser
Aktion, an der auch Sweety beteiligt war, hatten sie
sich an der Kreuzung am *Opernhaus* spontan auf die
Sraßenbahngleise gesetzt und so den gesamten
innerstädtischen Straßenbahnverkehr völlig zum
Erliegen gebracht.

Ihre Unterhaltung wurde jäh durch drei ältere Herren
mit Krückstock unterbrochen, die „noch so richtig an
der Front gedient hatten", wie sie stolz verkündeten.
Dann folgten - wie so oft in jenen Tagen - auch heute
wieder Sprüche wie „Guck' dir diese *Gammler* an! Wie
die Tiere! Das hätte es bei Adolf nicht gegeben! Da
wären wir einmal mit der MP drüber gegangen!" Die
mildere Variante einer aus Sicht der drei älteren Herren
angemessenen Verfahrensweise mit diesen
„Gammlern" war „Alle ab ins Arbeitslager – zum
Torfstechen!" Sweety, der ziemlich oft zum Torfstechen

geschickt werden sollte, fragte sich, wer eigentlich noch Torf braucht. Torf? Als Brennmaterial hatte er ausgedient und die meisten Moore standen mittlerweile unter Naturschutz. „Was die Welt jetzt braucht, ist ein wenig mehr Rock 'n' Roll!", dachte Sweety und lächelte.

Den ziemlich krassen Unterschied zwischen den Generationen in der Wahrnehmung politischer Ereignisse erlebte Sweety auch im eigenen Elternhaus. Eines Tages, im Juni 1967, fand er seine Mutter ganz gerührt, mit Tränen in den Augen in der Küche vor. Vor ihr auf dem Küchentisch lag ein Exemplar von *Das goldene Blatt* oder von *Frau im Spiegel* oder von *Neue Revue* – so genau erinnert sich Sweety nicht mehr. Die Schlagzeile in diesem Organ der Boulevardpresse lautete: „Farah Diba weint!" Gemeint war *Farah Pahlavi, Königin von Persien* – dem heutigen *Iran* – die mit einem der reichsten Männer der Welt verheiratet war - mit dem *Schah von*

Persien. Die damalige Bundesregierung hofierte ihn wegen der hohen Ölvorkommen in Persien. Der Schah ließ politisch Oppositionelle in seinem Land massenweise foltern. Farah weinte übrigens, weil sie sich angeblich „unglücklich" fühlte. „Weinst du auch um *Benno Ohnesorg* und um seine schwangere Ehefrau, die er hinterlässt, Mamma?", wollte Sweety wissen. „Wer ist das denn?", fragte seine Mamma ganz erstaunt. „Das ist bestimmt wieder so einer von deinen *Gammler*-Freunden!"

Benno Ohnesorg, ein 26jähriger West-Berliner Student, war zwar politisch interessiert, aber kaum aktiv. Er war Pazifist und Mitglied einer evangelischen Studentengemeinde. Am 27. April 1967 heiratete er seine schwangere Freundin Christa. Während einer Demonstration gegen den Besuch des Schahs von Persien wurde er am 2. Juni 1967 von dem West-Berliner Polizisten Karl-Heinz Kurras mit einem Pistolenschuss aus kurzer Distanz tödlich in den Hinterkopf getroffen. Ermittlungen ergaben, dass der Polizist auf Ohnesorg ohne Auftrag, unbedrängt und wahrscheinlich gezielt geschossen hatte. Der Polizist wurde dennoch nicht angeklagt. Benno Ohnesorgs Todestag gilt neben dem am 11. April 1968 erfolgten Attentat auf einen der Wortführer der APO-Bewegung, Rudi Dutschke, als einer der Wendepunkte in der Nachkriegsgeschichte der Bundesrepublik Deutschland, der zur Bildung der „*Rote Armee Fraktion*" (RAF) – auch *Baader-Meinhoff-Bande* genannt – führte.

6

Ort der verschobenen „Regelung der Angelegenheit" des *MSC Hombruch* und des *James Dean Hörde* war das *Fritz-Henßler-Haus* in der Dortmunder Innen-stadt. Die Band hatte dort einen für den Spätherbst 1969 geplanten Auftritt. Die Mitglieder der Band hatten gehört, dass die *Rolling Stones* – als Westküsten-Gegenstück zu *Woodstock* – ein Rockmusik-Festival in *Altamont, Kalifornien*, planten, bei dem am 6. Dezember 1969 neben den *Rolling Stones* unter anderem *Grateful Dead, Jefferson Airplane, die Flying Burrito Brothers* und *Crosby, Stills, Nash and Young* auftreten würden. Als Sicherheitskräfte wollten die *Stones* die berüchtigten *Hells Angels* einsetzen. „Wenn die *Stones* die *Hells Angels* als Security einsetzen, dann setzen wir die Jungs vom *MSC* als unsere Sicherheitskräfte ein", schlug Les vor – und die anderen Jungs stimmten zu. Vermutlich hätten sie gar keine Sicherheitskräfte gebraucht, aber diese Maßnahme gab der Band irgendwie das „gewisse Etwas". Es war keine gute Idee – zumindest nicht in Sachen „Sicherheit" – wie sich noch herausstellen sollte. Genau wie zwei Monate später bei den *Stones*, ging die Sache mit den Sicherheitskräften nämlich schief – wenn auch nicht mit Todesopfern, so wie in *Altamont*.

Das „Fritze", wie das *Fritz-Henßler-Haus* genannt wurde, war brechend voll. Rappelvoll! Die Jungs vom MSC hatten vor der Bühne Posten bezogen und sahen grimmig und prüfend in die Menge. Die Band hatte mit ein paar Rock 'n' Roll-Klassikern eröffnet, und die Stimmung im Saal war gut. Nachdem sie etwa eine halbe Stunde gespielt hatten, öffneten sich die Flügeltüren im hinteren Teil des Saals und etwa zwanzig Mitglieder des James-Dean-Clubs betraten wirkungsvoll die Szenerie. Sie stellten sich in die hintere Reihe. Zunächst geschah nichts, und die Band machte munter weiter mit *Keep on Running* und *Gimme Some Lovin'*, zwei Cover-Versionen der ersten großen Hits der *Spencer Davis Group*. Dann machte Walter, der Sänger der Band, einen folgeschweren Fehler. Er fragte: „Was wollt ihr als Nächstes hören? *Beatles* oder *Stones*?" Die Jungs aus der Band waren ziemlich erschrocken. Sie hatten überhaupt keine Stücke der *Beatles* im Repertoire! Und prompt rief eine knappe Publikumsmehrheit: „*Beatles!!!!*" – aber Walter brüllte „Na gut, also *Stones*!" ins Mikro. Daraufhin flog eine halbleere *Cola*- oder Bierflasche in Richtung Bühne. Offenbar hatte ein echter Fan der *Beatles* seiner Verärgerung Luft gemacht. Die Jungs vom MSC wurden sofort und leicht übermotiviert tätig. Sie griffen sich den vermeintlichen Übeltäter aus einer der vorderen Reihen heraus, was aber zum Widerstand einiger Konzertbesucher führte. „Der war das doch gar nicht! Lasst ihn los!" Jetzt sahen auch die Jungs vom James Dean Club ihre Stunde als Verteidiger des zu Unrecht Herausgegriffenen gekommen. Im Nu entstand eine üble Massenschlägerei, bei der so ziemlich das ganze Inventar des Saals zerlegt wurde. Sweety sah zu, dass er seine Drums hinter der Bühne in Sicherheit bringen konnte, wobei ihm Lohnstreifen behilflich war. „Astrein, Alter, wie du auf deine Pötte 'rumgehämmert hass'!", rief Lohnstreifen noch anerkennend, bevor er sich wieder ins Getümmel stürzte. Nach etwa 20 Minuten beendete ein Zug der Bereitschaftspolizei die Schlägerei.

„Bad news is good news!" Die lokale Presse überschlug sich fast in ihrer Berichterstattung vom Konzert und der anschließenden Schlägerei. In den zahlreichen, meist recht reißerisch aufgemachten

Zeitungsartikeln war die Rede vom „Krieg der Rockerbanden", und die Band, die den „Saal zum Kochen" gebracht hatte, wurde als „härteste Arbeiterband des Ruhrgebiets" - niemand aus der Band war Arbeiter(!) – bezeichnet. Sogar der *WDR* berichtete und lud die Jungs zum Interview nach Köln ein. Außerdem wurden zwei ihrer Eigenkompositionen gespielt. Die Band war zum ersten Mal im Radio zu hören!

7

Peggy bückte sich ganz tief nach vorn, um etwas vom Teppich im Wohnzimmer aufzuheben. Das tat sie ziemlich oft – auffallend oft! Sie trug entweder den unvermeidlichen Mini-Faltenrock jener Tage oder ihren kurzen blauen Nylonkittel, wenn sie mit Arbeiten im Haushalt beschäftigt war. Sweety konnte sich nicht vorstellen, dass seine Mutter, die recht gut aussehend war und – worauf sie oft stolz hinwies – dem italienischen Hochadel entstammte, sich so gekleidet oder gar in Anwesenheit eines Gastes so gebückt hätte. Immer wenn Peggy sich nach vorn bückte, schoben sich Rock oder Kittel so hoch, dass sie einen vollständigen Blick auf ihr rosafarbenes oder weißes Höschen mit lila Blumenmuster freigaben. Peggy hatte einen schönen Po und wohlgeformte, lange Beine – keine zu breiten Oberschenkel und keine zu dicken oder zu kurzen Waden! Astreine Beine eben, wie Sweety fand. Peggy arbeitete halbtags als Verkäuferin in einem Supermarkt. Sie war etwa 37 oder 38 Jahre alt, brünett und die Mutter von Sweetys erster „fester" Freundin, Manuela, die aber von allen nur „Mausi" gerufen wurde. Mausi war 17 Jahre alt und absolvierte die letzen 4 - 5 Wochen der zehnten Klasse einer Realschule. Mausis Vater arbeitete als Kranführer bei „Kalla" *Hoesch* im Stahlwerk in *Dortmund-Hörde*. Wenn er zu Hause war, saß er fast immer in einem braunen Kunstledersessel mit verstellbarer Rückenlehne und ausklappbarem Fußteil – Model „Tele-Commander" – vor dem laufenden Fernsehgerät, trank ein „Pilsken" nach dem anderen und rauchte Kette. Er war ein ziemlich großer, kräftiger Kerl, der gern bunte T-Shirts trug, die mit „lustigen" Sprüchen wie „Nichts reimt sich auf Uschi!" oder „Bier formte diesen Körper" beflockt waren. Tätowierungen – ein Herz mit Banderole, auf der „Elvis is King" stand, ein Anker und ein Schwert mit Lilien – zierten seine muskulösen Unterarme. Die hatte er sich in seiner Zeit als „Halbstarker" stechen lassen. Sweety gegenüber gab er sich gern jovial, indem er häufig den Satz „Meine Peggy steht doch noch stramm im Strumpf, oder?", fallen ließ und Zustimmung erheischend mit dem Ellenbogen in Sweetys Rippen stieß – was jedes Mal sehr schmerzhaft für Sweety war.

Sweety hatte Mausi kennen gelernt, als sie sich als Sängerin für die Band bewarb. Sie hatte Sweety nach einem Konzert angesprochen, ihm gesagt, wie gut ihr der Auftritt gefallen hätte und dass sie selbst Sängerin(!) sei, die gern 'mal mit der Band proben würde. „Vielleicht wird ja 'was Dauerhaftes draus!", fügte sie strahlend hinzu. Nachdem Walter 1973 aus der Band ausgestiegen war, um sich ganz seiner weiteren Berufsausbildung zum Goldschmiedemeister zu widmen, fehlte ein Sänger oder eine Sängerin. Die Jungs hätten nichts gegen eine Sängerin einzuwenden gehabt, die wenigstens ansatzweise so wie *Janis Joplin* hätte singen können. Mausi glaubte, singen zu können. Heutzutage hätte sie sich vermutlich bei einer *Casting Show* beworben. Sweety hatte sich bei den Jungs für eine Probe mit Mausi stark gemacht. Es stellte sich leider schnell heraus, dass ihre Stimme viel zu dünn war, dass sie kaum die Töne traf und die Einsätze ständig verpasste, weil sie keine Takte auszählen konnte. Als sie nach nur 20 Minuten unter Tränen den Proberaum verließ, ging Sweety ihr nach. Sie hatte es immerhin versucht – und sie war bildhübsch! Sehr groß gewachsen, lange Beine, lange blonde Haare, große blaue Augen, Schmollmund. Sie war seine erste feste Freundin - vielleicht auch deshalb, weil sie ihn – zumindest vom Aussehen her – an seine erste große Liebe erinnerte.

Sweetys erste, ganz große Liebe, die aber für ihn unerreichbar blieb, war die Schauspielerin *Eva Pflug*, die als *Leutnant Tamara Jagellovsk* als GSD-Sicherheitsoffizier dem draufgängerischen *Dietmar Schönherr* als *Major Cliff Allister McLane*, Kommandant des *Schnellen Raumkreuzers Orion*, in der 1966 ausgestrahlten Fernsehserie „*Raumpatrouille Orion*" beim Kampf gegen die fiesen Außerirdischen, den „*Frogs*", wacker zur Seite stand. Tamara/Eva konnte von „total streng" innerhalb von Sekunden auf „total weiblich" umschalten – jedenfalls was Sweety damals unter „weiblich" verstand. Mausi sah *Eva* ähnlich – allerdings war Mausi ein wenig größer und jünger. Die Schauspielerin, die nachhaltig sein Frauenbild prägte, sowie die gesamte Kultserie, von der (leider!) nur 7 Folgen produziert wurden, haben tiefe Spuren in Sweetys Gedächtnis hinterlassen. Noch heute, wenn er mit seinem PKW auf der Autobahn unterwegs ist, zitiert er gelegentlich die in der Serie häufig erteilten Befehle des Kommandanten des *Schnellen Raum-*

kreuzers Orion. Beim Hochschalten in den 5. Gang ist die Order *„Hyperspace plus schlafende Energiereserve!"* oder kurz *„Hyperspace plus Schlafende!"* fällig. Biegt Sweety auf eine Autobahnabfahrt ab, die Geschwindigkeit vor der Kurve durch hartes Abbremsen stark verringernd wird die Anweisung *„Rücksturz zur Erde"* zitiert. Aber das nur am Rande.

Peggy hatte von Anfang an ein Auge auf Sweety geworfen, so wie das manche Väter bei den Freundinnen ihrer Söhne auch tun. Manchmal, wenn Sweety „seine Perle" besuchte und sie noch nicht zu Hause war, öffnete Peggy ihm hastig die Wohnungstür, wobei sie nur notdürftig ein Handtuch um ihren Körper geschlungen hatte, um dann „Ich steh' gerade unter der Dusche! Warte in Mausis Zimmer!" rufend im Laufschritt im Badezimmer zu verschwinden. Die Badezimmertür ließ sie dabei scheinbar achtlos halb offen stehen. Mausis Zimmer, in dem Sweety warten sollte, lag nun aber genau gegenüber vom Badezimmer, so dass Sweety an der halb geöffneten Badezimmertür vorbei gehen *musste* und dabei natürlich auch die nackte Peggy unter der Dusche zu sehen bekam.

Einmal als Mausi auf dem Bett in ihrem Zimmer saß, betrat Peggy den Raum und öffnete in Sweetys Anwesenheit ziemlich unvermittelt Mausis Bluse und zog sie aus. Während Mausi mit freiem Oberkörper nun so da saß, tastete Peggy ihre Brüste mit beiden Händen „auf Knoten" ab. Es war eher ein Kneten als ein Abtasten. Zwischendurch hob sie Mausis linke und rechte Brust mit je einer Hand wiegend auf und ab, als wolle sie zwei Melonen auf ihre jeweilige Frische und ihr Gewicht prüfen. Dabei sah sie immer wieder lächelnd in Sweetys Richtung. „Oha!", dachte Sweety. „Das ist ja ganz schön ‚strange', was hier abgeht! Preist Peggy mir gerade die Brüste ihrer Tochter an oder läuft das auf einen flotten Dreier 'raus?" So ganz wollte sich ihm die medizinische Notwendigkeit des Abtastens in seiner Gegenwart und bei einer 17-

jährigen nicht erschließen. „Alles in Ordnung, Schatz!", befand Peggy dann irgendwann und verließ Mausis Zimmer, nicht ohne vorher noch einen Fussel vom Teppich aufzuheben. Sie trug die lilafarbenen Blümchen auf weißem Grund.

Eines Abends, so gegen 23.00 Uhr – der Vater hatte 'mal wieder Nachtschicht und Mausi war bereits eingeschlafen – verließ Sweety leise hinter sich die Tür schließend Mausis Zimmer und steuerte im Halbdunkel des Flurs die Wohnungstür an, um den Heimweg anzutreten. Da trat Peggy aus dem Schlafzimmer in den Flur – barfuss und in einem durchsichtigen weißen Negligé, wie Sweety in dem aus dem Schlafzimmer einfallenden Licht erkennen konnte. Sie reichte Sweety länger als sonst und fester die Hand und sah ihm mit einem verlangenden Blick in die Augen. Ihr Mund näherte sich zögernd dem seinen, wobei ihr Blick fragend Sweetys Einverständnis erkundete. Ein intensiver Zungenkuss folgte. Sweety fasste ihr fest mit seiner rechten Hand direkt zwischen die Beine. Darauf hin wurde Peggy nicht etwa nur feucht oder nass, so wie Sweety das bei Mausi kannte – nein, Peggy wurde patschnass! Sie lief regelrecht aus! Offensichtlich war sie sexuell völlig ausgehungert. Sie zog Sweety ins Schlafzimmer. Was dann folgte, war eine der heißesten und in sexueller Hinsicht lehrreichsten Nächte, die Sweety je erlebt hatte. Ein bisschen - wenn auch nicht ganz so unerfahren - kam Sweety sich wie *Dustin Hoffman* als *Benjamin Braddock* in dem Film „*Die Reifeprüfung*" vor. Erst im Morgengrauen trat Sweety den Heimweg an. „Siehst Du, mein Hübscher, auch in einer alten Kirche lässt sich noch eine Andacht halten", flötete *Mrs. Robinson* alias Peggy zum Abschied an der Wohnungstür. Am Abend des nächsten Tages, nach ungefähr 12 Stunden Schlaf, schrieb Sweety einen Song, der den Titel *Hot Mama* trug. Dieses Mal wurde der Text von der Band angenommen – einstimmig!

Während der folgenden anstrengenden Wochen und Monate – zumindest immer dann, wenn der Vater wieder „auf Nachtschicht" war – fuhr Sweety

Doppelschichten. Von 19.00 bis ungefähr 23.00 Uhr kümmerte er sich um Mausi, die regelmäßig etwa gegen 23.00 Uhr einschlief. Bis ca. 2.00 oder 3.00 Uhr morgens blieb er bei Peggy. Er genoss anfäng- lich die Situation sehr und kam sich ein wenig vor wie *Joey* in dem Film *Stille Tage in Clichy* aus dem Jahr 1970. Der Film gab in einigen Ländern Anlass zu Zensureingriffen.

Peggy war immer dann außergewöhnlich erregt, wenn sie mitbekommen hatte, dass Sweety kurz bevor er zu ihr kam, mit Mausi geschlafen hatte. Und das bekam sie eigentlich regelmäßig mit, da Mausi während des Liebesaktes nicht gerade leise war. Sobald Sweety die Schlafzimmertür von Mausi kommend hinter sich geschlossen hatte, streifte Peggy ihr Negligé ab, fiel auf die Knie und nestelte hastig an Gürtel und Reißverschluss von Sweetys Jeans herum.

Wenn Sweety sich nach der Schicht bei Mausi 'mal absolut „alle" fühlte, dann fertigte er Aktzeichnungen von Peggy an – mit Bleistift und manchmal mit Bleistift und Aquarellfarben. Die waren leicht in den Taschen seiner Parkajacke zu transportieren. Er konnte leidlich gut zeichnen und er hatte Peggy davon überzeugt, dass sie wegen der idealen Proportionen ihres Körpers als Aktmodell geradezu prädestiniert wäre. Peggy fühlte sich sehr geschmeichelt. Bereitwillig setzte oder kniete sie sich auf eine altmodische, hohe und relativ breite Spiegelkommode, während Sweety sie vom Bett aus zeichnete – den Malblock mit angewinkelten Beinen abstützend. Er liebte es, Peggy zu betrachten – sie, die Mutter seiner Freundin, eine fast zwanzig Jahre ältere Frau, die wirklich noch verdammt „stramm im Strumpf stand". Auch ihre Brüste waren noch ziemlich fest und rund. Trotzdem zeichnete Sweety sie zumeist größer und straffer, als sie es in Wirklichkeit waren. Immer, wenn sie da so splitternackt, wie auf einem Podest ausgestellt, auf der Spiegelkommode posierte, konnte er in aller Ruhe, perspektivisch unterstützt durch den Spiegel, ihren wohlgerundeten Po betrachten, ohne dass ihm ein Textil mit Blümchenmuster den Blick darauf versperrte. Zudem verbesserte Sweety nachhaltig seine zeichnerischen Fähigkeiten. Während des Zeichnens, das mit sehr genauem Beobachten verbunden war, fielen ihm immer wieder ihre schönen Füße mit den blutrot lackierten Nägeln auf. Von Zeit zu Zeit legte er deshalb den Zeichenblock beiseite und ging zu ihr 'rüber zur Kommode. Peggy winkelte dann immer sogleich ein Bein an und streckte ihm geradezu huldvoll den Fuß entgegen, damit er an ihrem großen Zeh lutschen konnte. Sweety fragte sich, ob er womöglich Fußfetischist wäre – aber eigentlich war ihm die Antwort auf diese Frage auch schnurz-piep-egal! Peggy genoss es jedenfalls sehr, wenn er an ihren Zehen nuckelte. „Nicht, das kribbelt so doll!", juchzte sie jedes Mal vor Vergnügen, hielt aber still. Als er wieder einmal den Drang verspürte, an einem ihrer großen Zehen zu saugen, sagte sie lachend: „Ha, das werde ich später 'mal meinen Freundinnen und Arbeitskolleginnen erzählen, dass der Drummer der *'härtesten Arbeiterband des Ruhrgebiets'* an meinen großen Zehen gelutscht hat". Offenbar hatte Peggy Zeitung gelesen!

Diese Doppelschichten währten so lange, bis Mausi eines Nachts überraschend im Schlafzimmer stand. Peggy war beim Liebesspiel zu laut geworden und hatte Mausi geweckt – samt ihrer Neugier. Mausi brach in Tränen aus, als sie Mutter und Freund ‚in flagranti' ertappte. Sie war schier außer sich! Neben zahlreichen wüsten Beschimpfungen stammelte sie wieder und wieder „Das sag' ich Pappa! Das sag' ich Pappa!", und – sie wurde jetzt sehr melodramatisch - „Mein *eigener* Freund – mein *eigener* Freund(!) betrügt mich mit meiner *eigenen* Mutter!" Nach einigen eher halbherzig unternommenen Versuchen, Mausi zu beruhigen, sah Sweety zu, dass er Land gewann. Er war froh, dass er nie seine Adresse oder Telefonnummer angegeben hatte. Für die Band besorgte er einen „sichereren" Proberaum. (In den alten Proberaum, von dessen Lage auch Mausi wusste, war nämlich eingebrochen worden.) Er mied während der folgenden Jahre *Dortmund-Hörde* weiträumig. „Nie wieder so eine Mutter-Tochter-Kiste!", schwor sich Sweety.

8

Die Jungs waren entsetzt, als sie das Chaos in ihrem Proberaum entdeckten. Einige Teile der Anlage waren zerstört worden, andere fehlten. Ein Kellerfenster war aufgehebelt worden. Was da durch passte, war geklaut worden. Von Sweetys Schlagzeug standen nur noch die Basstrommel und das Standtom auf der rutschfesten Matte. Einige Verstärker, Mikrofone und Kabel fehlten. Die Gitarren nahmen die Jungs nach jeder Probe mit nach Hause, so dass diese noch vorhanden waren. Eine Versicherung für das Equipment hatten sie nicht abgeschlossen. Die komplette Anlage der Band gegen Diebstahl oder Beschädigung zu versichern, war ihnen einfach zu teuer gewesen. Das kostete richtig!

Sweety schlug vor, die Polizei zu verständigen. „Die Bullen kannste knicken, Alter!", rief Les und machte eine abfällige Handbewegung. Nachdem sie das Ausmaß des Schadens begutachtet, eine Liste der fehlenden Teile erstellt und den Raum ein wenig aufgeräumt hatten, gingen sie zu Mario in die Eisdiele. Sie wollten die Aufklärung dieser Sache selber in die Hand nehmen. Bei Mario sprachen sie mit Ursus, Körper, Lohnstreifen und den anderen Jungs vom MSC über die Angelegenheit und gaben ihnen eine Liste mit den gestohlenen Teilen der Anlage.

Etwa fünf bis sechs Tage später wurden zwei von Sweetys Schlagzeugbecken, die anhand der notierten Typenbezeichnung zweifelsfrei als die Seinigen auszumachen waren, in *Dortmund-Barop* zum Kauf angeboten. Der jüngere Bruder eines der Mitglieder des MSC bekam das Verkaufsangebot zufällig mit. Die Jungs vom MSC befragten denjenigen, dem die Becken angeboten worden waren, nach dem Namen des Anbieters. Na ja, der Rest war dann nur noch Formsache! Der Anbieter war ein ehemaliger Klassenkamerad von Sweety, der aber die Unterstufe des Gymnasiums nicht überstanden hatte. Er wollte mit ein paar seiner Kumpels selbst eine Band gründen. Da ihnen das nötige Kleingeld fehlte und sie von der Lage des Proberaums der Band wussten, kamen sie auf die Idee, Teile ihres Equipments von einer Fremdanlage zu besorgen. Da ihr Schlagzeuger schon mit Becken versorgt war, boten sie Sweetys Becken zum Kauf an, um von dem Erlös andere, dringend benötigte Teile zu kaufen. Nach kurzem, aber intensiven „guten Zureden" durch die Jungs vom MSC wurden alle geklauten Teile ziemlich schnell und in unbeschädigtem Zustand zurückgegeben. Für die beschädigten Teile der Anlage boten sie einen mehr als angemessenen Schadensersatz an. Mit ein bis zwei gebrochenen Fingern geht einem nun 'mal das Herz auf und man wird irgendwie sehr großzügig! Einige Wochen später traf Sweety seinen Ex-Klassenkameraden noch einmal „ganz zufällig" wieder. Dieses Treffen musste sein! Die Band wurde jedenfalls nie wieder bestohlen. Nicht ein einziges Mikro fehlte mehr – wie eigentlich sonst nach jedem Auftritt üblich.

Sweety organisierte einen neuen Proberaum in einer *Städtischen Jugendfreizeitstätte*, die unmittelbar neben dem Freibad lag, in dem Körper so vorbildlich seinen Dienst versah. Ab und zu sah Körper auch 'mal im Proberaum nach dem Rechten. Sweety hatte ihn darum gebeten. Es gab keine weiteren Einbrüche!

9

Es war schon verblüffend, welche Wirkung die Radio- und Presseberichterstattung über den Auftritt im „Fritze" hatte. Die Band wurde zu Festivals eingeladen und bekam auch sonst zahlreiche Angebote, bei bestimmten Festlichkeiten aufzutreten – von der Stadt Dortmund, von den Kulturämtern der umliegenden Städte, von großen Unternehmen und begüterten Privatleuten. Auch die einzelnen Mitglieder der „*härtesten Arbeiterband des Ruhrgebiets*" *waren* plötzlich als Musiker gefragt. Sie nahmen so viele Angebote wie möglich an, da Freddie und Sweety in ein bis zwei Monaten ihren Zivildienst antreten mussten. Ab dann würde die Band eineinhalb Jahre lang weniger proben und auftreten können. Sweety wurde kurz vor Beginn seines Zivildienstes gefragt, ob er als Drummer an der Produktion einer Langspielplatte in einem Wittener Studio teilnehmen und bei zwei Stücken die Tonspuren für die Drums einspielen wolle. Die anderen Musiker, die an dieser Produktion mitwirkten, kamen alle aus Hagen. Einige von ihnen legten später national und international so richtige Karrieren hin. In Hagen machten damals viele bekannte Bands ihre ersten Schritte. Sweety sagte jedenfalls zu. Als er im Wittener Studio eintraf, war er überrascht: In dem gesamten Studio hielten sich nur drei Personen auf, der Produzent, ein Toningenieur und dessen Frau. Die beiden Jungs, Udo und Michael, waren große, schlaksige Hippietypen mit langen

Haaren, Stirnband und runden Goldrandbrillen. Sie wären gern selber Musiker geworden, wie sie Sweety erzählten. „Wir können ein paar Instrumente so ein bisschen spielen, aber keins richtig", räumten sie sympathisch ehrlich ein. Über ihr enormes Technikwissen und ihr exzellent ausgestattetes Tonstudio hielten sie Kontakt zur Musikerszene. Das war ihnen wichtig!

Gisela, die Frau von Michael, dem Toningenieur, war ganz schön „strange" drauf. Sie war eine echte Hippiebraut, die diese ganze *Flower-Power* Lebensweise voll verinnerlicht zu haben schien - Gras rauchen, kein Fleisch essen, freie Liebe machen usw. Bei ihr kam dann noch eine schwere Dosis *Krishna* - Kram dazu. Sie rauchte gerade einen Joint als sie Sweety begrüßte. Sie hatte eine lange, rötliche Haarmähne (Henna!), die sie mit einem Stirnband bändigte. Sie trug eine durchsichtige, weite Bluse und einen knöchellangen, bunten Baumwollrock und Sandalen. Als Sweety etwas unkontrolliert einen ganz kurzen Blick auf ihre Brüste warf - sie waren echt nur schwer zu ignorieren(!) – bemerkte Gisela das und forderte Sweety in Michaels Anwesenheit ungeniert auf, ihre Brüste ruhig einmal anzufassen. „Du", sagte sie – wie Sweety später feststellte, begann sie so ziemlich jeden Satz mit einem lang gezogenen „Duuu" – „du kannst sie ruhig anfassen, wenn du magst." Michael verzog keine Miene.

„Hier du", sie öffnete ihre Bluse, „das ist *Mascha*", sie hob ihre rechte Brust an, „und das ist *Betty*" – sie hob die linke Brust an. „Oha!", dachte Sweety. „Wie schräg ist das denn? Wer gibt denn seinen Brüsten Namen – und führt sie wie Marionetten in einem Puppentheater vor?" Gisela zog an ihrem Joint. „Duuu, sei doch nicht so bürgerlich verklemmt – kannst sie ruhig 'mal streicheln, du!" Sweety dachte gar nicht dran! Wer weiß auf welche Ideen sie sonst noch kommen würde! „Duuu, mach' dich erst 'mal locker!" Sie hielt ihm den Joint hin. „Du, das ist verdammt guter Shit!" „Oh, vielleicht später - nach der Aufnahme", lehnte Sweety dankend *beide*

Angebote ab. „Duuu, wir sind alle Kinder von *Devadideva*, dem Gott der Götter", fuhr sie ziemlich bekifft fort. Sie erklärte ihm ein paar höhere kosmische Zusammenhänge und diesen ganzen Love, Light & Peace - Kram, den Sweety aber nicht so ganz verstand. Er hatte sich im Rahmen seines Studiums während der vergangenen Wochen mit *Sir Karl Popper* und dem *Kritischen Rationalismus* beschäftigt und konnte nichts Methodisches und Vernünftiges an Giselas Betrachtungen entdecken. Der *Kritische Rationalismus* half ihm aber in *dieser* Situation auch nicht wirklich weiter - angesichts soviel geballter Erotik in Gestalt von *Mascha* und *Betty* und einer so hohen Dosis *Krishna*-Esoterik. „Wie hätte wohl Sir Karl in dieser Situation reagiert?", schoss es Sweety durch den Kopf. Vermutlich fehlte es ihm aber an einer „höheren Bewusstseinsebene", an ein wenig „Erleuchtung" – oder aber ganz einfach auch nur an einigen Zügen von Giselas Joint.

Sweety war ziemlich erleichtert, als Michael ihn

aufforderte, sich doch einmal die Drums anzusehen und ihn damit vor weiteren von Giselas tiefen Einsichten und Weisheiten bewahrte.

Sweety war schon wieder überrascht: In einer der Tonkabinen stand ein Doppelschlagzeug der Marke *Hayman*, mit zwei Bassdrums, zwei Hängetoms und zwei Standtoms – so ziemlich das Beste was es damals gab - und alle Trommeln und Becken mit eigenem Abnahme-Mikro versehen. „Eher 'was für die Bühne als für ein Studio", dachte Sweety. Freundlich erklärten Udo und Michael ihm, dass die Langspiel-platte unter dem Titel *Surprise* erscheinen sollte und dass Sweety die Drums bei *Sulky Man* und bei *A Red, Red Rose* einspielen sollte. *Sulky Man* war ein an den Drums mit Jazzbesen zu spielender, von Piano und Saxophon getragener *Shuffle*. Der Text *A Red, Red Rose* stammt von dem schottischen Dichter *Robert Burns* (1759 – 1796) und er lautet so:

O my Luve's like a red, red rose
That's newly sprung in June;
O my Luve's like the melodie
That's sweetly played in tune.

As fair art thou, my bonnie lass,
So deep in luve am I;
And I will luve thee still, my dear,
Till a' the seas gang dry.

Till a' the seas gang dry, my dear,
And the rocks melt wi' the sun;
I will luve thee still, my dear,
While the sands o' life shall run.

And fare thee weel, my only Luve,
And fare thee weel awhile!
And I will come again, my Luve,
Tho' it ware ten thousand mile.

Sweety mochte den Text. Ein Wittener Musiker hatte

eine astreine, balladeske Melodie zu diesem Gedicht komponiert. Bei den Zeilen *"And I will luve thee still, my dear, Till a' the seas gang dry"* und *"And I will come again, my Luve, Tho' it ware ten thousand mile"* war jeweils ein *Crescendo* zu spielen und Sweety spielte es auf den Toms so verdammt gefühlvoll, wie er noch nie zuvor etwas gespielt hatte. Er war so richtig scheiß ergriffen, vom Text, von der Melodie - und von sich selbst. Die Gitarren, der Bass und der Gesang waren bereits in den Tagen zuvor aufgenommen worden, so dass Sweety allein im Aufnahmeraum saß und nur die Drums zu den bereits vorliegenden Spuren aufgenommen wurden. Michael spielte sie Sweety über Kopfhörer zu. Mit anderen Worten: Er hat die Musiker, die mit ihm auf der Platte zu hören sind, nie persönlich kennen gelernt. Das war eine ganz neue Erfahrung für ihn.

Sweety nahm einige Tage nach der Studioaufnahme noch einen Auftrag an, bei dem wieder nur er und nicht die ganze Band gefragt war. Rüdiger, den er über

Freddie kennen gelernt hatte, rief an und bat Sweety, mitsamt seinem Schlagzeug zu ihm in die Kommune zu kommen. Sie wollten in einer Scheune eine Jam Session veranstalten und einen Mitschnitt produzieren. Das alles orientierte sich schwer an *Amon Düül*, eine deutsche Band, die überwiegend improvisierte Musik ohne Songstruktur machte. Die Scheune gehörte zu einem Fachwerkhaus mit großem Gartengrundstück im Dortmunder Nordwesten Rüdiger und einige Freunde hatten Haus und Scheune restauriert und ein kleines Tonstudio im Keller des Hauses eingebaut. Sie lebten dort in einer Kommune zusammen, weil sie der Auffassung waren, dass aus der Kleinfamilie der Faschismus entstehe. Die Kleinfamilie betrachteten sie als die kleinste Zelle des Staates. Aus ihrem unterdrückerischen Charakter leiteten sich alle Institutionen ab. Mann und Frau lebten in der Kleinfamilie in Abhängigkeit voneinander. Keiner von beiden könne sich daher frei zum Menschen entwickeln. Nach Auffassung von Rüdiger und anderer Kommunarden galt es also, diese

Zelle, nämlich die Kleinfamilie, zu zerschlagen. „Na, toll!", dachte Sweety, als Rüdiger ihm diese These einmal vorstellte. „Man kann Promiskuität sogar astrein politisch-ideologisch begründen! Na ja, wenn sie meinen und dabei ihr Späßchen haben…!" Jedenfalls war diese These nicht so ganz Sweetys Ding.

Rüdiger war Hauptschullehrer. Eine große deutsche Boulevardzeitung hatte einige Tage vor seinem Anruf bei Sweety unter der Schlagzeile „Sex-Kommunarde verteilt Kondome im Unterricht" über ihn berichtet und ketzerisch gefragt „Soll dieser Mann etwa unsere Kinder aufklären?" Was war geschehen? Rüdiger hatte im Rahmen des Sexualkundeunterrichts im Fach Biologie Kondome an Schülerinnen und Schülern einer achten Klasse verteilt, um ihnen ganz anschaulich einen Weg zur Schwangerschaftsverhütung aufzuzeigen. Das war neu! Das war ein Skandal! Das hatte noch kein Lehrer in Deutschland gewagt! Die Schüler hatten einen Heidenspaß, kicherten und alberten herum. Sie pusteten die Kondome auf oder füllten sie mit Wasser. Einige Jungen warfen die mit Wasser gefüllten Kondome aus dem Klassenfenster und sie schlugen klatschend auf dem Schulhof auf. Die Schüler berichteten zu Hause von diesem Vorfall und „schockierte" Eltern informierten die Zeitung. Für die Boulevardpresse war das ein gefundenes Fressen – zumal auf dem Hintergrund von Rüdigers Privatleben.

Sweety bat seine Mutter, ihn und sein Schlagzeug am Nachmittag, an dem die Session stattfinden sollte, mit dem Auto zu Rüdiger zu bringen. Das Schlagzeug passte gerade 'mal so in ihren Peugeot 404 Kombi. Sweetys Mutter zog ihren Pelzmantel über und machte mit schwarzer Hochsteckfrisur ganz auf *Liz Taylor*. Damen in Pelzmänteln wurden damals übrigens noch nicht öffentlich angefeindet! Die Sache mit dem Tierschutz war noch nicht so verbreitet. Ein bis zwei Jahre später wurde Kathy, eine spätere Kommilitonin und gute Freundin von Sweety, in ihrem Zobelpelzmantel einmal in einer Essener Einkaufspassage von zwei Damen um die Dreißig mit der Bemerkung angegangen: „Wissen Sie eigentlich, wie viele Tiere für diesen Mantel sterben mussten?" Beide Damen trugen übrigens Schuhe und Gürtel aus Leder! Sweety wusste nie, was echtes Engagement für eine Sache oder was lediglich Sozialneid ist. Die Grenze schien fließend zu sein. Kathy antwortete den beiden empörten Damen: „Schätzchen, wisst Ihr eigentlich, mit wie vielen Tieren ich schlafen musste, um an diesen Mantel zu kommen?" Kathy hatte diese Replik in einem Film mit der US-amerikanischen Sängerin, Schauspielerin und Komikerin *Bette Midler* aufgeschnappt. Inhaltlich stimmte ihre Aussage natürlich nicht! Sie hatte den Mantel von ihrer Großmutter geerbt, die angeblich zum engeren Umfeld der russischen Zarenfamilie gehört hatte. Als sie ihn einmal in Sweetys Begleitung in einer großen Tüte zum Ausbessern zu einem Kürschner in Düsseldorf brachte und den Mantel auspackte, sprach der Kürschnermeister gleich vor Ehrfurcht etwas leiser als er ihn sah. Aber das nur am Rande!

Jedenfalls bestand Sweetys Mutter darauf, sich so eine Kommune selbst einmal anzusehen. Hinsichtlich einiger ihrer Erwartungshaltungen wurde sie gleich bei Betreten des Fachwerkhauses auch nicht enttäuscht. Die jungen Frauen bewegten sich „oben ohne" im Haus, mit Blumenkränzen im Haar und langen Holzperlenketten um den Hals. Einige hatten lange, bunte Batiktücher um ihre Hüften geschwungen. An den Wänden im Flur und den Treppenaufgängen hingen Plakate mit dem Anti-Atomwaffenzeichen und dem Slogan *Make Love – Not War*, Poster der Band *Steppenwolf*, die mit ihrem Hit *Born to be wild* aus dem Road Movie *Easy Rider* das Lebensgefühl der Hippie-Ära maßgeblich geprägt hatten und ein oder zwei Poster von *Ravi Shankar*, der den Beatle *George Harrison* das Spiel auf dem indischen Zupfinstrument *Sitar* gelehrt hatte. Überall im Haus hing der süßliche Duft von Haschisch und Räucherstäbchen in der Luft.

Sweety und seine Mutter wurden sehr herzlich aufgenommen und erhielten Getränke und Speisen in Form selbst produzierter Fruchtsäfte und verschiedener, rein vegetarischer Salate. Die „Blumenkinder" erklärten Sweetys Mutter die Zubereitung und zeigten sich überhaupt unglaublich um sie bemüht. Schließlich landeten alle im Keller, in dem sich ein Proberaum mit einem gut ausgestatteten Tonstudio befand. Die Musiker einigten sich auf eine Grundtonart und improvisierten dann wild drauf los. Sweetys Mutter saß in ihrem Pelzmantel mit den „Hippie-Mädchen" auf ein paar Matratzen und Kissen, die überall auf dem Boden lagen. Sie alle hatten verschiedene Perkussionsinstrumente, mit denen sie sich lebhaft an der Jam Session beteiligten. Sweetys Mutter hatten sie ein paar Bongos in die Hand gedrückt. Alle Beteiligten hatten viel Spaß, wie auf dem Mitschnitt der Session später auch zu hören war.

Am frühen Abend erschienen plötzlich zwei Herren mittleren Alters in Trenchcoats – ein Zeitungsreporter und ein Fotograf. Sie wollten ein kurzes Interview mit Rüdiger führen und einige Fotos von der Session machen. Rüdiger sollte die Möglichkeit einer Richtigstellung erhalten und er sollte erläutern, warum er die Kondome im Unterricht verteilt hatte. Die Anwesenden erklärten sich auch mit Fotoaufnahmen einverstanden. Sweety und seine Mutter verabschiedeten sich gegen Mitternacht von den Mitgliedern der Kommune. Im Auto auf der Heimfahrt zeigte sich Sweetys Mutter hellauf begeistert von der Kommune, besonders von den netten jungen Frauen, die sich ja so um sie bemüht hätten!

Die Schlagzeile in der großen Boulevardzeitung am folgenden Tag lautete: „So wild treibt es der Sex-Lehrer in seiner Hippie-Kommune". Fotos der barbusigen Mädchen prangten neben einem sehr unvorteilhaften Foto von Rüdiger. Er hatte zwar schwarze lange Haare und einen Vollbart und erfüllte damit das Klischee vom fiesen *Kommunarden*, aber das Foto zeigte ihn mit nach rechts oben gerichteten Augen, was seinem Gesicht einen leicht debil-diabolischen Ausdruck verlieh. Nichts von Richtigstellung oder von Rüdigers Motiven für den Einsatz der Kondome im Unterricht! Rüdiger wurde in diesem Artikel vielmehr als die Dortmunder Ausgabe von *Rainer Langhans* und *Fritz Teufel* in einer Person dargestellt, und die Mädchen wurden mit *Uschi Obermaier* verglichen. Angeblich hätten sie eine wilde Sex- und Drogenparty gefeiert, bei der jede mit jedem geschlafen hätte. Von Gruppensex und Joints bei lärmender, psychedelischer Musik war die Rede. Sweetys Mutter war angesichts der Schlagzeilen und des Artikels empört. Sie war außer sich. „Davon stimmt doch kein Wort! So war das doch gar nicht!" Zum ersten Mal begriff sie, wie die Boulevardpresse arbeitete. „Tja, Mamma", sagte Sweety lächelnd, „und Du warst mittendrin in diesem Sumpf aus Sex und Drogen - und das in Deinem Alter! Schäm' Dich!" Für Rüdiger blieb diese

Angelegenheit ohne größere Folgen. Den Sexualkundeunterricht hatte er entsprechend der Richtlinien für das Fach Biologie durchgeführt. Allerdings war die moralische Empörung aufgrund des zweiten Zeitungsartikels bei einigen Eltern dann doch so groß, dass die Schulaufsichtsbehörde beschloss, Rüdiger an eine andere Schule zu versetzten.

10

Es gibt Menschen, die können mit ihren Augen sprechen - also *mittels* ihrer Augen! Sweety saß am Bett einer alten Dame, die er nun schon einige Wochen im Rahmen seines achtzehnmonatigen *Zivildienstes* auf der Pflegestation eines Altenheims in Dortmund gepflegt hatte. Sie litt unter einem Dekubitalgeschwür, auch Wundliegegeschwür genannt. Fast ihr ganzer Rücken war offen. Sweety säuberte und wusch sie immer mit äußerster Vorsicht. Manchmal ging das nur mit getränkten Wattebäuschen. So zerbrechlich und zerstört ihr

Körper auch war – wenn er in ihre Augen sah, sah er so viel Strahlkraft, so viel Wärme, Güte und Dankbarkeit, wie er sie nie zuvor bei einem Menschen gesehen hatte. Zum Sprechen war die alte Dame zu schwach. Er nahm sich vor, nach Möglichkeit in der Stunde ihres Todes bei ihr zu sein.

Gegen die Schmerzen erhielt die alte Dame Morphin, das die Schmerzweiterleitung verhindert und das Schmerzempfinden senkt. Mit Genehmigung der Oberschwester gab Sweety ihr zusätzlich immer etwas Sekt aus einer Schnabeltasse.

Eines späten Nachmittags im Winter - Sweety hatte eigentlich schon Dienstschluss - ging er noch 'mal auf ihr Zimmer, um nach ihr zu sehen. Er sah kurz in ihre Augen und wusste, dass sie im Sterben lag. Ihre Augen waren ganz gebrochen. Sweety verständigte die Oberschwester. Diese erfahrene Frau wusste, dass sie nichts mehr für die alte Dame tun konnten. Sweety bat die Oberschwester, bei der alten Dame bleiben zu dürfen und sie willigte ein. Draußen war es mittlerweile dunkel geworden und vereinzelte Schneeflocken rieselten zur Erde. Das Zimmer der alten Dame war nur sehr spärlich mit dem Licht einer schwachen, gelblich scheinenden Birne einer Nachttischlampe beleuchtet. Eigentlich war der Raum eher dunkel als hell. Sweety saß auf der Bettkante und hielt die matte, zerbrechliche Hand der alten Dame. Er sah in ihre Augen, die plötzlich völlig leer und leblos-starr zur Zimmerdecke gerichtet waren. Ein kleines, gelblich-weiß flackerndes und sich um die eigene Achse drehendes Lichtgebilde, einem Seepferdchen mit einem um 180 Grad verdrehten Kopf ähnlich, entwich ungefähr auf Höhe ihrer Augen- und Nasenpartie ihrem Körper, stieg fast bis zur Zimmerdecke hinauf, schwebte zum gegenüber-liegenden Teil des Raumes, zur Fensterseite, wo es für einen kleinen Moment verharrte, als wolle es sich verabschieden, bevor es schließlich weiter empor-steigend durch das geschlossene Fenster entschwand. „Der Moment des Todes hat etwas sehr Sanftes und

Intimes", dachte Sweety. Und: nein! Er hatte vorher nicht an Giselas Joint gezogen!

Die im Zivildienst gemachten Erfahrungen inspirierten Sweety zum Verfassen zahlreicher Songtexte. Es waren Texte, die sich für Bluesmusik eigneten. Die Stelle in der Altenpflegestation hatte er sich selber ausgesucht. Zivildienstleistende galten damals gemeinhin als Drückeberger oder Schwule. Dabei nahmen Zivis lediglich ein Grundrecht nach Artikel 12a, Abs. 2 des Grundgesetzes in Anspruch. Der Zivildienst dauerte obendrein drei Monate länger als der Wehrdienst. Strafe muss sein! Sweety dachte sich, wenn er einen ganz harten Zivildienstjob antreten würde, dann würden die Anfeindungen schon verstummen – was aber nicht der Fall war! Eine Ausbildung oder Vorbereitung auf seine pflegerische Tätigkeit hatte er nicht erhalten. *Learning by doing* war angesagt. Sein Dienst begann jeden Morgen um sechs Uhr. Die Patienten wurden gewaschen und gefüttert. Oft mussten auch die Zimmer gereinigt werden, da die Wände und Fußböden von geistig verwirrten Patienten mit Kot verschmiert waren. Bei einigen Patienten mit angeschwollener Blase musste Sweety – nachdem ihm das nur einmal(!) zuvor gezeigt worden war – einen Katheter zur Entleerung der Blase setzen. Das war ganz sicher sowohl für die männlichen, als auch für die weiblichen Patienten sehr schmerzhaft. Sweety gab sich alle Mühe, behutsam zu sein. Bei hartem Stuhl führte Sweety eine so genannte Glycerinspritze in den After des Patienten ein, damit eine Darmentleerung ermöglicht wurde. Die Entleerung erfolgte allerdings häufig so explosionsartig, dass Sweetys Gesicht oft in Mitleidenschaft gezogen wurde und er aussah, als hätte er mit einem flachen Löffel gerade kräftig in einen Teller mit Spinat gehauen. Zudem musste er subkutan Spritzen setzen – also unter die Haut der Patienten spritzen. Intravenöse oder intramuskuläre Injektionen wurden nur durch die Oberschwester vorgenommen. Nach der eigenen Frühstückspause musste Sweety regelmäßig die Bettpfannen und die Urinflaschen in einem großen

Waschbecken reinigen und sie anschließend zurück auf die Zimmer der Patienten bringen. Während der ersten drei Monate seines Dienstes schmeckte jede Mahlzeit nach dem Fäkaliengeruch der Flaschen und Pfannen. Erst nach vier Monaten hatte Sweety sich an den Geruch gewöhnt. Während seiner Dienstzeit verstarben insgesamt 38 Patienten auf der Pflegestation, die im Grunde nichts anderes als eine Art Sterbeklinik war - die „Endstation" eines Altenheims.

Die Verstorbenen wurden mit einer Rollbahre ins Erdgeschoss in einen großen, weiß gefliesten Raum - eine Art Badezimmer - verbracht und auf einen länglichen Metalltisch gelegt. In diesem Raum war es Sweetys Aufgabe, das Gebiss zu entnehmen, es zu reinigen und wieder einzusetzen. Anschließend wurde ein länglicher Baumwollstreifen fest um Schädelplatte und Kiefer der Verstorbenen gebunden, damit der Mund geschlossen wurde, bevor die Leichenstarre einsetzte. Die meisten Menschen sterben nämlich mit weit geöffnetem Mund. Anschließend wurden Ohrringe, Ketten und Ringe entfernt, die an die Oberschwester zu übergeben waren, die sie später an die Angehörigen weitergab. Dann wurde der Leichnam gewaschen. Sweety und seinem Zivi-Kumpel Rainer wurde vom Bestattungsunternehmer immer eine Kiste Bier zugesagt, wenn sie den Verstorbenen auch noch das Totenhemd überstreiften und die Hände falteten. Dazu mussten gelegentlich die Finger gebrochen werden - wenn die Leichenstarre schon leicht eingesetzt hatte. Die Finger waren oft so spindeldürr, dass das mit dem Händefalten meist ganz gut klappte.

Es kam vor, dass noch vor Eintritt des Todes Angehörige ins Zimmer eines Patienten kamen und Farbfernseher und sonstiges Inventar ausräumten, das ihnen wertvoll erschien. Manchmal berappelten sich die Patienten aber wieder, und die Angehörigen mussten verschämt alle Sachen ins Zimmer zurückräumen. Verstarb der Patient irgendwann dann tatsächlich, rückten die Angehörigen mit einem

Priester an und machten auf total trauernd und wahnsinnig fromm. Sweety lernte sehr anschaulich die Bedeutung des Wortes *Bigotterie* kennen.

Rainer öffnete eines Morgens eine ihm ungewohnt schwergängig erscheinende Zimmertür. Als er sie unter Aufbringung all seiner Kraft einen Spalt breit geöffnet hatte, fiel ihm der Leichnam eines Patienten entgegen. Er hatte sich in Frauenkleidung zwischen Tür und Türzarge erhängt. Der Darm war beim Erhängen „durchgesackt" und hatte sich fast vollständig entleert. Das sei bei Erhängten oft der Fall, erklärte ein Kriminalbeamter. Die Säuberung des Leichnams – nach Freigabe durch die Polizei, die eine Selbsttötung bestätigte und eine Fremdeinwirkung ausschloss - nahm daher mehr Zeit als gewöhnlich in Anspruch.

Die Patienten lagen meist zu zweit auf den Zimmern. Es gab allerdings auch Drei- und Vierbettzimmer. Die personelle Belegung der Zimmer hätte unglücklicher nicht sein können, als sie es häufig war. So teilten sich zum Beispiel ein ehemaliger Oberstudienrat und ein ehemaliger Hoescharbeiter ein Zimmer. Der Oberstudienrat war geistig noch sehr beweglich und an Gesprächen interessiert, konnte sich aber körperlich kaum mehr rühren. Der ehemalige Hoescharbeiter war hingegen geistig völlig verwirrt, aber körperlich noch sehr fit. Er hatte mit ansehen müssen, wie sein eigener Sohn in einen Tiegel mit glühendem Roheisen gefallen war. Von da an war er geistig verwirrt. Er beschmierte beinahe jede Nacht die Wand über seinem Bett mit Kot. Tagsüber stand er vor dem Eingang des Heims und wartete auf den Bus, der ihn zur Schicht bringen würde. Seine Bettdecke wurde in seiner Vorstellung oft zu einer Werkbank. Er beschrieb im Bett sitzend, leise vor sich hinmurmelnd und mit den Händen nach imaginären Dingen greifend oder an Falten in der Bettdecke zupfend, welches Werkstück er gerade anfertigte.

Zweimal sind Leichname „ausgelaufen". Das verursachte einen bestialischen Gestank. Rainer und Sweety waren stundenlang damit beschäftigt, mit verschiedenen Reinigungs- und Desinfektionsmitteln das Badezimmer zu säubern. Sie erhielten bei dieser Tätigkeit eine Vorstellung vom Berufsbild des Tatortreinigers. An seinem zweiten Tag im Dienst erlitt Sweety einen ziemlichen Schock. Er sollte einen Fußverband wechseln. Nachdem er den Verband abgewickelt hatte, fand er kleine schwarze, verfaulte Fleischstückchen im Verband. Sie stammten von den Zehen des Patienten. Der Fuß des Patienten war fast komplett schwarz – an den Zehen stärker, zum Fußgelenk hin etwas weniger. Kleine weiße Würmer tummelten sich zwischen den Knochengliedern der Zehen und dem verfaulten Fleisch. Niemand hatte Sweety auf diesen Anblick vorbereitet. Niemand hatte ihn vorgewarnt. Immer wenn Sweety in den folgenden Tagen beim Zubettgehen die Augen schloss, sah er diese weißen Würmchen vor seinem geistigen Auge. Er wurde dieses Bild einfach nicht los! Das andere Bein des Patienten, ein so genanntes Raucherbein, war bereits amputiert worden. Das Stadium für eine risikolose Amputation des zweiten Beines war bereits weit überschritten worden. Zur Behandlung blieben nur noch ein täglicher Verbandwechsel und eine Spezialsalbe.

Sweety nahm diesen Verbandwechsel einige Monate später einmal im Beisein der Tochter des Patienten vor. Sie wollte auf eigenen Wunsch hin im Raum verbleiben. Sie war eine stämmige Frau mittleren Alters. Nachdem sie den freigelegten Fuß ihres Vaters gesehen hatte, erschrak sie, setzte sich auf einen Stuhl und sagte schwer atmend zu Sweety: „Hach, junger Mann, dass Sie das mit dem Verbandwechsel so können. Dazu muss man doch ziemlich abgestumpft sein! Ich könnte das nicht! Ich hab' ein viel zu gutes Herz!" Von da an wusste Sweety, dass er offenbar kein gutes Herz hatte.

An manchen Abenden erschien die Nachtschwester nicht zum Dienst. Sie hatte ein ernsthaftes Alkoholproblem, von dem jeder wusste. Sie stand zudem im Verdacht, sexuelle Dienste gegen Geld für einige der körperlich noch fitten alten Herren erbracht zu haben. Fiel die Nachtschwester aus, wurden Sweety und Rainer im Anschluss an eine komplette zwölfstündige Tagschicht zum Anhängen einer Nachtschicht verdonnert. Am jeweils darauf folgenden Tag hatten sie dann allerdings frei. Während einer ihrer Nachtschichten sahen Rainer und Sweety im Bereitschaftsraum um ca. ein Uhr nachts auf einer großen Tafel ein elektrisches Birnchen mit Zimmernummer aufleuchten. Eine Patientin im ersten Stockwerk benötigte offensichtlich ihre Hilfe. Sie hatte sich stark eingenässt. Als Rainer und Sweety ihren dunklen Raum betraten, um sie trocken zu legen und das Bettlaken zu wechseln, fiel das Licht vom Flur auf ihr angsterfülltes Gesicht. Sie konnte Sweety und Rainer nicht erkennen, da sie vom außen einfallenden Licht geblendet wurde. Sie lag auf der Seite mit angewinkelten Beinen und hob abwehrend die Arme. Ihre Bettdecke hatte sie auf den Boden gelegt, da sie völlig durchnässt war. Unter Tränen bat sie: „Bitte nicht wieder schlagen!" Sweety und Rainer berichteten diesen Vorfall der Oberschwester und der Heimleitung. Der Nachtschwester wurde gekündigt. Ob eine Anzeige gegen sie erfolgte, haben die beiden Zivis nie erfahren.

Es gab auf dieser Pflegestation nur eine staatlich examinierte Krankenschwester für etwas mehr als 80 Patientinnen und Patienten. Die anderen Pflegekräfte waren ledige Mütter, die in einem Anbau des Haupthauses wohnten. Sie alle waren ungelernte Arbeitskräfte. Einmal pro Woche kam am späten Nachmittag ein Arzt vorbei. Er parkte sein Mercedes Cabrio direkt vor dem Eingang. Da er im Sommer das Verdeck seines Cabrios offen ließ, konnte Sweety auf dem Rücksitz zwei Tennisschläger liegen sehen. In den achtzehn Monaten seines Zivildienstes, sah er den Arzt nicht einmal auf das Zimmer eines Patienten gehen. Vielmehr verschrieb der Arzt im Büro im Erdgeschoss auf der Grundlage der Berichte der

Oberschwester die stärkste Einheit Morphium und entschwand dann ziemlich schnell. In der Eingangshalle der Pflegestation prangte ein Spruch an der Wand. Er lautete: *„Eine Gesellschaft ist nur so sozial, wie sie sich gegenüber ihren schwächsten Mitgliedern verhält."* Sweety nahm sich fest vor, nicht in einem Altenheim zu enden.

11

Freddie hatte es auch noch kurz vor Erreichen der Altersgrenze erwischt, nach deren Überschreiten man nicht mehr zur *Bundeswehr* oder zum *Zivildienst* herangezogen werden konnte. Freddie verweigerte erst, als er schon beim Bund war. Er wurde nach einem sehr strengen schriftlichen und mündlichen Prüfungsverfahren, das auch Sweety durchlaufen hatte, als Wehrdienstverweigerer anerkannt und leistete anschließend Zivildienst in einem unmittelbar am *Stadtpark* gelegenen Bochumer Krankenhaus. Schnell freundete er sich mit John, einem 38jährigen

Oberarzt aus Ghana, an. Sein Nachname war für deutsche Zungen und Kehlköpfe nicht auszusprechen – irgendwas mit N'… und dann folgte eine Art Knacklaut. Seine Patientinnen und Patienten nannten ihn der Einfachheit halber Dr. John. Er war sehr beliebt – auch bei den Ärzten, den Schwestern und Pflegekräften der von ihm geleiteten Station. Zu Freddie kriegte er schnell einen Draht, da John früher in verschiedenen Bands Saxophon gespielt hatte. Jetzt, als Oberarzt, fehlte ihm die Zeit für „Mucke". John hatte einen guten Sinn für Humor. Eines Morgens im Winter stapfte Dr. John vom nahe gelegen Park aus durch den Schnee auf das Krankenhaus zu. Freddie wartete am Eingangsportal und winkte John zu, als der noch so ungefähr 300 Meter entfernt war. „Hey, Freddie, Du hast aber gute Augen, dass Du mich so aus der Ferne gleich erkannt hast", sagte John als er am Portal ankam. „Das war nicht schwer", erwiderte Freddie, „ein Ghana-Mann hebt sich optisch gut vom Schnee ab." Beide mussten herzhaft lachen.

An einem Samstagabend im Frühjahr fuhren die beiden in die Bochumer Innenstadt, in das so genannte *Bermudadreieck*, einem Areal in der Nähe des *Bochumer Schauspielhauses*. Sie wollten in einer der zahlreichen Kneipen und Diskotheken etwas Musik hören, etwas trinken und vielleicht später in einem der Restaurants etwas essen. Da es noch keine Handys gab, führten sie einen *Pager,* einen kleinen tragbaren Funkempfänger, mit sich, über den sie in einem Umkreis von etwa 40 Kilometern „angepiept" werden konnten – für den Fall, dass ihre Anwesenheit – besonders die von John in einem Notfall – im Krankenhaus erforderlich wäre. Sie mussten dann jeweils nach erfolgtem Piepton schnellstens eine Telefonzelle finden und im Krankenhaus anrufen, um sich über die Sachlage zu informieren und angeben, wann sie ungefähr im Krankenhaus eintreffen würden.

Als sie eine der Diskotheken im *Bermudadreieck* betreten wollten, wurden sie von einem ziemlich bulligen Türsteher daran gehindert. „Neger haben hier keinen Zutritt - und Negerfreunde auch nicht!" blaffte er die beiden barsch an und schob sie mit seinen bratpfannengroßen Händen wieder nach draußen. Freddie wechselte mehrfach seine Gesichtsfarbe und war zunächst sprachlos. „Ein Rassist? Hier in Bochum? Im Jahre 1973?", stieß er schließlich nach Atem ringend und völlig perplex hervor. „Das kann doch nicht wahr sein!" „Haut ab!", herrschte der Türsteher sie an! „Bimbos kommen hier nicht 'rein! Punkt!" Bevor Freddie noch einmal protestieren konnte, sagte John völlig ruhig: „Lass' gut sein, Freddie! Wir suchen uns ein netteres Plätzchen!"

Sie fanden eine gemütliche kleine Kneipe, in der gute Jazz-Musik gespielt wurde und eine wirklich nette Bedienung arbeitete. Nach ungefähr einer Stunde ging Johns Pieper. Ein Patient mit lebensbedrohlichen Hieb- und Stichverletzungen war gerade mit Rettungswagen und Blaulicht in das Krankenhaus eingeliefert worden. Da die Aorta nur ganz knapp durch einen der zahlreichen Messestiche verfehlt worden war und einige innere Organe durch Stiche und Schläge mit einem „stumpfen Gegenstand" verletzt worden waren, musste der Oberarzt 'ran. Eine solch' schwierige Operation wäre für die Assistenzärzte, die in dieser Nacht Dienst hatten, eventuell noch zu schwierig gewesen.

Nachdem Dr. John seine OP-Kleidung angezogen, den Mundschutz angelegt, seine Hände und Unterarme desinfiziert und seine OP-Handschuhe übergestreift hatte, betrat er den Not-Operationssaal. Vor ihm auf dem OP-Tisch lag der Türsteher, der ihn als „Neger" und „Bimbo" bezeichnet und ihm den Einlass in die Diskothek verwehrt hatte. Er war von drei Motorrad-Bikern schwer verletzt worden, die mit Baseballschlägern in ihren Händen unterwegs waren und Stahlhelme trugen, auf denen jeweils das verbotene Hakenkreuz prangte. Der bullige Türsteher durfte sie nicht einlassen, da der Diskothekeninhaber bereits ein Hausverbot gegen die drei ausgesprochen hatte. Sie hatten sich früher schon einmal sehr schlecht in dieser Disko aufgeführt. Der angerichtete Sachschaden belief sich seinerzeit laut Pressebericht auf 25.000 D-Mark.

In einer etwa sechsstündigen, recht schwierigen Operation konnten Dr. John und zwei seiner Assistenzärzte den Patienten so weit wieder herstellen, dass zumindest keine *akute* Lebensgefahr mehr bestand. Er wurde auf die Intensivstation verbracht und überwacht. Nach etwa drei Tagen war er völlig außer Lebensgefahr und wieder bei vollem Bewusstsein. Dr. John suchte ihn im Rahmen seiner Visite an seinem Bett auf. Freddie war bei dieser Visite dabei.

12

Es klingelte an der Haustür. Sweety drückte auf den Knopf des elektrischen Türöffners. Als niemand die Treppen herauf kam, sah er aus dem Fenster. Unten vor dem Haus stand Kathy, lässig mit überkreuzten

Beinen an ihren dunkelblauen *911er Porsche Carrera* gelehnt. Als sie Sweety oben aus dem Dachfenster schauen sah, öffnete sie für einen winzigen Augenblick ihren Mantel aus tiefdunklem, russischem Bargusin Zobel und Sweety konnte erkennen, dass sie - abgesehen von einem Paar halterloser Strümpfe - nackt unter ihrem Pelzmantel war. Sie schien sich etwas mit ihm vorgenommen zu haben! „Hoffentlich hat Frau Lenkowski diese Szene nicht beobachtet", dachte Sweety.

Nach dem Ende seines Zivildienstes hatte Sweety sich ganz in der Nähe der Uni eine kleine Dachgeschosswohnung mit gekacheltem Kohleofen in einer alten Zechensiedlung genommen. Im Winter beobachtete er oft die kristallinen Strukturen des Eises, das sich an den Fensterscheiben gebildet hatte. Es war oft arschkalt in seiner Hütte, besonders, wenn er vergessen hatte, rechtzeitig Kohle nachzuschippen. Neben ihm wohnte Frau Lenkowski. Sie war die Witwe eines Bergmannes, der früh an „Staublunge" verstorben war, wie sie Sweety berichtete. Sie hatte einen kleinen Yorkshire Terrier, der wie ein Weltmeister kläffte, wann immer es irgendwo im Haus klingelte. So wie jetzt, nachdem Kathy geklingelt hatte. „Müssen Se einfach gar nich' ignorieren, wenn er so bellt", riet Frau Lenkowski Sweety kurz nach seinem Einzug. Sie wusste, dass Sweety „am studieren" war und sie versuchte, sich gewählt auszudrücken, wenn sie sich mit ihm unterhielt. Das ging meist schief. „Der Professor, der mich damals operiert hat, war eine *Konifere* auf seinem Gebiet", sagte sie zum Beispiel einmal im Rahmen einer sehr detaillierten, etwa 30minütigen Schilderung einer ihrer zahlreichen Unterleibsoperationen, die sie zu erdulden hatte. Natürlich fühlte sie sich wie viele allein stehende ältere Leute einsam, und sie war froh, ab und zu ein Schwätzchen mit dem „netten jungen Mann von nebenan" halten zu können. Für Sweety war das okay, wenngleich manchmal recht anstrengend. Immerhin sprangen fast immer ein Tässchen Kaffee und ein Stückchen Kuchen für ihn dabei heraus. „Selbst gebacken!", wie Frau Lenkowski jedes Mal stolz mit dem Finger auf den Kuchen deutend betonte. Frau Lenkowski legte sich auch gern ein großes, etwas zerschlissenes Brokatkissen auf die Fensterbank und beobachtete oft stundenlang vom geöffneten Fenster aus, die Arme auf dem Kissen verschränkt, alles und jeden auf der Straße vor dem Haus.

Sweety wohnte gern in der Siedlung. Die Bewohner, überwiegend ehemalige Bergleute mit ihren Frauen – die Kinder waren fast alle „schon aus dem Haus" – grüßten sich noch mit „Glück auf!" Jeder kannte jeden, und man half sich untereinander, wo man nur konnte. Ehrensache! „Willi, Du hattess doch 'ma' die Tage so'n elektrischen Hobel, so für zum Abschleifen. Hömma, hasse den noch? Den müsstesse mir 'ma' für ein-zwei Stunden borgen." Nicht nur Werkzeug, mit dem im Haushalt, aber vorwiegend im „Gatten" gehämmert, gesägt, gebohrt, geschraubt, gedübelt, getuckert und geschliffen wurde, wurde untereinander

119

ausgetauscht – es wurde auch so ziemlich alles beschafft, was es zu beschaffen galt. Auch Autoreparaturen waren kein Thema! Sweetys Studentenkarre, ein knallroter *Simca Rallye*, sah jedenfalls keine geschäftlich betriebene Werkstatt mehr von innen. Ob Winterreifen, Anlasser, Kühler, Bremsbeläge, Öl- und Luftfilterwechsel – alles wurde mit Materialien erledigt, die zuvor irgendwo „für Kleines" beschafft worden waren. Und wehe, Sweety bot den Helfern – außer für das beschaffte Material – Geld an! Das stellte eine ungeheuere Beleidigung dar! Sweety hatte die Gepflogenheiten in der Siedlung schnell 'raus. Er konnte – im Gegenzug zu den zahlreichen Reparaturarbeiten an seinem Auto – Schreiben „anne Behörden" oder „anne Knappschaft" sowie das Verfassen von Bewerbungsschreiben an Firmen für „'ne neue Stelle für de Blagen" bieten. Seine Dankbarkeit konnte er aber auch jeweils mit einem Kasten Pils und gelegentlich mit ein paar Grill-würstchen vom Holzkohlegrill im „Gatten" ausdrücken. Das wurde akzeptiert! Und eine Fahne von *Borussia* auch. In jedem der Gärten wehte eine – bei Wind und Wetter. Da der wetterbedingte Verschleiß relativ hoch war, freute man sich über eine neue Fahne des heiß geliebten *BVB 09*, die man gegen die alte Fahne austauschen konnte. Also: Pils, ein paar Phosphatstangen vom Grill und BVB-Fahnen waren okay – letztere vor allen Dingen dann, wenn neue Titel, Meisterschaften und Pokalsiege hinzugekommen waren. Von neuen Titeln war die *Borussia* Anfang bis Mitte der 70er Jahre allerdings noch meilenweit entfernt. Erst in der Saison 1976/77 war mit den Neuverpflichtungen von *Willi „Ente" Lippens* und *Manfred „Manni" Burgsmüller* die Talsohle durchschritten, und es ging allmählich wieder bergauf mit der Borussia.

Was die *Borussia* für die Bewohner der Siedlung – und eigentlich für ganz Dortmund – bedeutete und noch bedeutet, das ließ sich und lässt sich nicht in Worte fassen. Schon gar nicht auf Papier! Verstehen kann das nur jemand, der in oder um Dortmund herum wohnt und dort groß geworden ist. Vielleicht auch einige Zugezogene, die schon länger in Dortmund wohnen. „Am ehesten können das wahrscheinlich die Anhänger von Herne-West ansatzweise nachvollziehen“, dachte Sweety, wenn er versuchte, 'mal „ganz objektiv“ zu sein – wobei ihm sofort der *Positivismusstreit* von 1961 in den Sinn kam, der gezeigt hatte, dass es so etwas wie „Objektivität“ oder „Wertfreiheit“ gar nicht gibt. Und schon gar nicht für Borussen-Fans!

Wer je einmal die Fans auf der berühmten Süd-Tribüne vor einem Spiel „*You'll never walk alone!*“ hat singen hören, der weiß Bescheid – über den Ruhrpott, über Solidarität und echte Liebe zum Verein. „Wer die Magie, die vom Ruhrpott und von diesem 1909 gegründeten Verein ausgeht, bei *diesem* Lied der Fans nicht spürt, der muss blind und taub sein und ein Herz aus Stein haben“, dachte Sweety oft. Harte Arbeitswochen, private und berufliche Schwierigkeiten waren auch für Sweety in all den

Jahren leichter zu bewältigen gewesen, wenn er wusste, dass am Samstag wieder „seine" Borussen spielten und er im Stadion sein würde.

Das gesamte öffentliche Leben innerhalb der Siedlung spielte sich überwiegend an drei Orten ab: An der Bude, in der Gaststätte „*Zur Südkurve*" und im Friseursalon von „Frollein Susanne". Später kam noch die Frittenschmiede „*Zum Kochlöffel*" hinzu, ein Schnellimbiss, der aber von allen nur „*Zum fettigen Löffel*" genannt wurde.

An der Bude – mit Lotto- und Toto- Annahmestelle – wurden in erster Linie Zeitungen und Zeitschriften, Zigaretten, Bier und Sprudelwasser gekauft. Es gab dort aber eigentlich alles für den alltäglichen Bedarf – vom Waschmittel über Strumpfhosen, Papiertaschentücher und Tintenpatronen bis hin zu Maggiwürze und Eintopfkonserven. Die vielen kleinen Artikel aus dem umfangreichen Sortiment waren besonders an Sonn- und Feiertagen stark nachgefragt. Was man beim

Großeinkauf im „*Rewe*" oder „*Konsum*" zu kaufen vergessen hatte, konnte man „wacker anne Bude" holen. „Geh' 'ma' wacker anne Bude und hol' 'ma' schnell noch...", war einer der Sätze, die Sweety am häufigsten hörte.

In der Gaststätte „*Zur Südkurve*" wurde nicht nur das „Herrengedeck" – ein Pils und ein „Kurzer" – gereicht, sondern es gab auch einen festen „Mittagstisch". Sweety aß viel lieber in der „Südkurve" als in der Mensa der Uni. Hier bei Otto, dem Wirt, bekam er immer noch einen kostenlosen Nachschlag, falls er 'mal nicht satt geworden war - oder einfach auch so, und das Essen schmeckte weitaus besser als in der Mensa. Otto hat Sweety verpflegungstechnisch gesehen echt durch die Studentenzeit gebracht, und Sweety ist ihm und seiner Frau Marlies, der Köchin, heute noch dankbar. Am Ende des Tresens standen in der Nähe eines *Rotamint – Spielautomaten* ein großes Glas mit Gewürzgurken und eins mit Sole-Eiern sowie ein kleiner, kugelförmiger Automat mit Erdnüssen. Man musste zehn Pfennig einwerfen, eine Art Flügelschraube drehen und erhielt dann durch einen schmalen Ausgabeschacht eine Hand voll Erdnüsse. Auf einem Teller unter einer durchsichtigen Abdeckhaube lag immer eine Lage „Bremsklötze", wie die Frikadellen oder Buletten hier genannt wurden. Ein ebenfalls mit durchsichtiger Abdeckhaube geschützter Teller mit Käse-, Schinken- und Mettbrötchen mit Zwiebeln komplettierte das Angebot für den kleinen Hunger zwischendurch. Am Stammtisch versammelten sich zu klar festgelegten Zeiten entweder die Mitglieder des Sparclubs, des Schachclubs, oder die Mitglieder des Skat-, des Kaninchenzucht- und des Tauben-zuchtvereins. Ja, richtige „Taubenväter" gab's damals in den Siedlungen auch noch – vermutlich die letzten ihrer Art. Das Zechensterben und auch das „Plattmachen" (das Schließen) der Eisen- und Stahl Hüttenwerke im Ruhrpott waren nämlich in vollem Gange. Viele der Väter von Sweetys Freunden verloren ihre Arbeitsplätze – mit zum Teil dramatischen Auswirkungen auf die betroffenen Familien. Und mit dem Wort „*Strukturwandel*" konnte damals kaum jemand etwas anfangen.

Sweety ging nicht oft zum Friseur, aber zum „Frollein Susanne" ging er gern, um sich wenigstens „die Spitzen" schneiden zu lassen. Elke, ihre Assistentin, wusch ihm die Haare, Frollein Susanne schnitt sie. Sweety mochte die beiden! „Frollein Elke" hatte „heilende Hände". Ihre Haarwäschen kamen eher Kopfmassagen gleich und jedes Mal, wenn sie ihm den Kopf wusch, verflogen die Kopfschmerzen, unter denen Sweety häufig litt. Susanne war eine freundliche und stets gut gelaunte Person, mit langer schwarzer Haarmähne und einer hübschen, zierlichen Figur mit einem knackigen Po. Sie und Elke wussten so ziemlich alles über jeden in der Siedlung – und weit darüber hinaus. Sie waren eine Art wandelndes „*Who is Who*" für ganz Dortmund. Susanne verstand mehr von Fußball, als die meisten Jungs, mit denen es Sweety zu tun hatte. Taktiken neuer Trainer, unterschiedliche Spielsysteme, Mannschaftsaufstellungen, Wechselgerüchte, Neuzugänge, Ablösesummen, „Verhältnisse" von Spielern mit den Frauen der Mannschaftskollegen usw. – Susanne wusste Bescheid! Zudem kannte sie das Sternbild von jedem einzelnen Spieler des BVB 09. Die besten Spieler waren alle im Sternbild „Jungfrau" geboren, genau wie sie selbst und Sweety auch. Sweety wurde Ende August geboren, das Frollein Susanne Anfang September. Jedes Mal, wenn Sweety bei ihr zum Haareschneiden war, stellten sie die absolut herausragende Ausnahmestellung des Sternzeichens „Jungfrau" gegenüber allen anderen Sternzeichen fest – häufig sehr zum Missfallen der wartenden Kundinnen und Kunden, die nicht das Privileg hatten, im Zeichen der „Jungfrau" geboren worden zu sein. „Tja, Leute, da habt ihr eben Pech gehabt!", rief Sweety ihnen zu. Vermutlich hielten sie ihn nach einer solchen Bemerkung für „so'n ganz Arroganten".

Seit dem Ende seiner Zivildienstzeit ging Sweety mit

den Jungs aus der Band sonntags vormittags immer in den *Rombergpark* zum Pöhlen. Sie spielten dort auf einer großen Wiese gegen Musiker anderer Bands und deren Freunde. Les war nicht dabei. Er hatte andere Interessen und Neigungen entwickelt, die sich für das Fortbestehen der Band noch als gefährlich erweisen sollten. Um sich für Auftritte mit der Band fit zu halten, joggte Sweety zwei bis dreimal in der Woche, ging ab und zu zum Krafttraining in eine „Muckibude" und spielte, wie gesagt, sonntags vormittags Fußball. Dabei lernten die Jungs aus der Band auch den *dicken Harry* kennen, der später ihr Manager werden sollte. Der dicke Harry war ein echter Seuchenvogel – jedenfalls in Dingen des Alltags.

„Seuchenvögel" sind Menschen, die das Unglück, das Pech, magisch anziehen. Zudem haben sie zu jeder Lösung wenigstens drei passende Probleme. Das mit dem Pech ging schon beim Kennenlernen los. Eines Sonntags war der dicke Harry da. Er war

Bankkaufmann – soviel war über ihn bekannt. Harry war groß, vollschlank, hatte kurzes braunes Haar und trug eine Hornbrille mit Glasbausteinen. Wer ihn zum Pöhlen angeschleppt hatte, weiß keiner mehr so genau. Er parkte seinen Wagen wie alle anderen auch oben auf dem Parkplatz an der *Berufsschule Hacheney*, um dann mit den anderen einen kleinen Abhang hinunter zu gehen und unten angekommen, einen Bach zu überqueren, hinter dem die Pöhlwiese lag. Alle Jungs sprangen problemlos über den etwa zwei Meter breiten Bach. Alle - außer Harry. „Oh, oh – wie komm' ich denn jetzt hier 'rüber?", fragte Harry und die pure Verzweiflung spiegelte sich in seinem Gesicht wider. Freddie riet ihm, es doch einmal mit dem Ruf „Fährmann, hol' über!" zu versuchen. Nachdem Harry die in Freddies Ratschlag liegende Ironie erfasst hatte, nahm er seinen Mut zusammen, holte einige Meter Anlauf, sprang, prallte auf die gegenüberliegende Uferböschung, rutschte ab und fiel in den Bach, in dem die Jungs schon den Kasten Pils für die „Dritte Halbzeit" kaltgestellt hatten.

Der dicke Harry hieß mit bürgerlichem Namen Harald Stute. Sein Nachname bot Anlass zu allerlei zotigen Bemerkungen, an die Harry sich aber schon gewöhnt hatte. Schlimmer traf es diesbezüglich seine Frau. Bundesweit sorgte Harry mit folgender Seuchenvogel-Geschichte in den Tageszeitungen und Gazetten für Furore:

Es war so etwa gegen zwei Uhr morgens, als seine Frau, Monika, eine Krankenschwester, ihn sacht wachrüttelte. Sie glaubte, im Erdgeschoss des zweigeschossigen Reiheneckhauses, in dem sie wohnten, ein „verdächtiges Geräusch" gehört zu haben. Harry stand auf, zog seinen gestreiften Frotteebademantel über und schlich vorsichtig die Treppe hinunter ins Erdgeschoss. Das Licht schaltete er nicht ein. Er wollte den oder die vermuteten Einbrecher nicht aufschrecken. Das Erdgeschoss wurde schwach durch das von zwei Straßenlaternen einfallende Licht beleuchtet und Harry konnte genug sehen, um sich im Haus zu orientieren. Harry warf einen Blick in die Küche. Tatsächlich! Eine Schublade stand weit geöffnet und in dem schmalen Stichflur vor der Eingangstür lagen Scherben. Einbrecher! Das war Harry jetzt ganz klar. Sonnenklar! Plötzlich sah er die Konturen einer großen Gestalt gleich links von ihm. Harry nahm all' seinen Mut zusammen, ballte die Faust und schlug zu. Der Spiegel, der den oberen Teil einer schmalen Schuhkommode im Flur bildete, zerbarst in Tausend kleine und große Splitter, und Harry zog sich ein paar üble Schnittverletzungen zu. Seine Frau, die sich nach Harrys Fausthieb in den Spiegel jetzt auch nach unten ins Erdgeschoss vorgewagt hatte, schaltete das Licht ein. Sie sah Harry, der mit vor Schmerz verzerrtem Gesicht die stark blutende rechte Hand eng an seinen Bademantel gepresst hielt und sie holte rasch ein Trockentuch aus der Küche. Dabei fiel ihr die noch offen stehende Schublade auf. Sie hatte vergessen, sie zu schließen als sie sich noch spät abends einen Jogurtlöffel aus dem Besteckkasten genommen hatte. Die Scherben im

Flur, die Harry bemerkt hatte, stammten von einer Keramikvase, die offenbar von der Katze bei einem Sprung auf die Kommode umgestoßen wurde. Harry hatte die Vase nie gemocht. Sie war eines jener zahlreichen, scheußlich-kitschigen Geschenke seiner Schwiegermutter. Sie schleppte bei ihren Besuchen dauernd irgendeinen kitschigen Nippes-Kram an, den kein Mensch wirklich brauchte. Jedenfalls Harry nicht. Und sie erwartete, dass „die Kinder" sich freuten. Das taten sie dann auch jedes Mal pflichtschuldig, was Monikas Mutter immer mit dem Satz: „Och, das ist ja nur eine Kleinigkeit, Kinder", kommentierte. Harry glaubte, dass sie solange Kitsch anschleppen würde, bis Monikas und sein Haus ein absolut identischer ‚Klon' ihres eigenen Hauses sein würde. „Occupying by cloning!" scheint ihre Devise zu lauten, dachte Harry oft – oder auch „Kitsch as Kitsch can".

Monika schob Harry, ihn fürsorglich abstützend, die Treppe ins Badezimmer hinauf, das ‚en suite' neben dem Schlafzimmer lag. Sie entnahm dem kleinen

Medizinschränkchen im Bad ein Fläschchen mit Ethylalkohol und träufelte diesen auf einige Wattebäuschchen, mit denen sie Harrys Schnittverletzungen fachfraulich desinfizierte. Zuvor hatte sie vorsichtig einige kleinere Glassplitter mit einer Pinzette aus Harrys Fingern entfernt. Dann legte sie einen Verband an. Seine K.O. - Hand tat Harry immer noch höllisch weh. „Der Einbrecher kann verdammt froh sein, dass er gar nicht existierte! Wenn er diese Rechte abbekommen hätte,...!", dachte Harry und schaute anerkennend und mit Respekt auf seine verbundene Hand.

„Erst 'mal eine rauchen!", nahm Harry sich vor und setzte sich aufs Klo. Die ganze Sache war ihm doch irgendwie auf den Darm geschlagen. Nach einer Weile genussvollen Rauchens mit tief inhalierten Zügen, die ihm etwas Erleichterung verschafften, warf er die Zigarettenkippe hinter sich ins Klo. Eine riesige Stichflamme erfasste Harrys Allerwertesten. Er schoss schräg vom Toilettendeckel hoch, fiel nach vorn und knallte mit relativ ungebremster Wucht mit der Stirn auf die Bodenfliesen. Seine verletzte rechte Hand hatte Harry nicht zur Abfederung des Sturzes benutzen können. Monika hatte die mit Ethylalkohol getränkten Wattebäuschchen zur Desinfektion von Harrys Schnittverletzungen in die Toilettenschüssel geworfen, aber die Wasserspülung nicht betätigt. In plötzlichen Kontakt mit der Glut von Harrys achtlos unter sich geworfenen Zigarettenstummel tretend, entfachte sich eine imposante Stichflamme. Harry zog sich jedenfalls zusätzlich zu den Schnittverletzungen an seiner Hand noch ein verbranntes Hinterteil, eine dicke Beule sowie eine mittelschwere Gehirnerschütterung zu.

Als Harry nach einer kurzzeitigen Ohnmacht wieder zu sich kam, hatte Monika bereits telefonisch einen Rettungswagen gerufen. Harry wurde auf eine Transportbahre gelegt. Er hatte sich soweit von Schrecken und Schmerz erholt, dass er den Rettungssanitätern den Hergang, der zu seinen Verletzungen geführt hatte, minutiös schildern konnte.

Etwa auf Höhe der Mitte der ins Erdgeschoss führenden Treppe war Harry bei der Schilderung der Szene mit der Stichflamme angekommen. Die Rettungssanitäter, die schon die ganze Zeit über vor sich hingeschmunzelt hatten, brachen an dieser Stelle in Harrys Schilderung derartig in schallendes Gelächter aus, dass einem von ihnen der linke Griff der Trage entglitt. Die Trage drehte sich, einem Grillspieß gleich, auf die Seite, und Harry knallte so heftig auf die Kante einer Treppenstufe, dass er sich das Schlüsselbein brach.

Harrys Leidensgeschichte gelangte auf irgendwelchen, nicht mehr genau recherchierbaren Wegen an die Presse und damit an die Öffentlichkeit. Wenngleich sein Name in den Gazetten anonymisiert abgedruckt wurde – „Der Bankkaufmann Harald S. (26) aus D. ist der Pechvogel des Jahres" – so wussten doch viele Menschen aus Harrys näherem Umfeld Bescheid. Harry hatte wochenlang eine Mischung aus echtem Mitgefühl und beißendem Spott seiner

Mitmenschen zu erdulden. Er sollte aber auch weiterhin ein echter „Seuchenvogel" bleiben.

Trotz allem war der dicke Harry einer der zuverlässigsten, gutmütigsten und freundlichsten Menschen, die die Jungs aus der Band je kennen gelernt hatten. Er managte sie gut und verwaltete zuverlässig und treuhänderisch alle Einkünfte der Band. Und als Bankkaufmann einer zu jener Zeit recht angesehenen Bank hatte er jede Menge solventer Kunden - was für die Band nicht ganz unwichtig war. Jedenfalls war der dicke Harry ganz okay! Echt!

13

Etwa eine halbe Stunde bevor Kathy an Sweetys Haustür schellte, hatte sie ihn angerufen und gefragt, ob er sie übers Wochenende nach *Düsseldorf* begleiten wolle. Sie hatte bereits eine Suite für zwei Nächte in einem unmittelbar am Rhein gelegenen Luxushotel für sich und Sweety gebucht. Sweety willigte ein. Es war ein Freitagabend im Herbst des Jahres 1974 und Sweety hatte an diesem Wochenende ausnahmsweise keinerlei Verpflichtungen. Zum Pöhlen mit den Jungs am Sonntag würde er vermutlich rechtzeitig zurück sein. Kathy wollte am Samstagnachmittag ein wenig auf der *Kö* shoppen und sich anschließend für ein bis zwei Stündchen mit einer Freundin treffen. Er ging hinunter zu Kathy, die ihm auf der Straße einen Kuss auf die Wange hauchte und fragte: „Womit kann ich heute dienen, Liebster?" Bei diesen Worten schob sie seine rechte Hand unter ihren Pelzmantel und Sweety konnte ihr Bauchkettchen, an dem unterhalb des Bauchnabels ein silberner, mit Brillanten besetzter Schlüssel hing, auf ihrer Hüfte spüren. „Lass uns erst einmal die Biege machen!", schlug Sweety vor, da er sich ziemlich sicher war, dass Frau Lenkowski sie von oben aus dem Fenster beobachten würde. Sie stiegen in den Wagen und Kathy fuhr los in Richtung Autobahn. Während der Fahrt zog sie ihren Pelzmantel aus. Es war mittlerweile dunkel und der Porsche hatte getönte Scheiben. Kathy liebte es, bei hoher Geschwindigkeit nackt auf ihrem schwarzen Ledersitz sitzend Auto zu fahren. „Greif' doch 'mal nach hinten auf den Notsitz!", bat sie Sweety. „Da in der Kühltasche findest du ein Sektchen. Wärst Du wohl so lieb, die Flasche zu öffnen?" Das Sektchen entpuppte sich als eine Flasche *Dom Pérignon*. Sweety mochte keinen Champagner. Er vertrug die Kohlensäure nicht. Aber Kathy langte hin. Sie nahm einen tiefen Schluck, wobei ihr ein wenig überschäumender Champagner aus dem Mund zwischen ihren wohlgeformten Brüsten hindurch über ihr sündhaft teures Bauchkettchen mit brillantenbesetztem Anhänger bis auf die Oberschenkel und ihre halterlosen Strümpfe rann. Sie hatte wunderschöne, lange Beine und Sweety liebte das knisternde Geräusch, das ihre Nylonstrümpfe verursachten, wenn sich ihre Beine beim Kuppeln oder Bremsen ganz leicht berührten. Überhaupt: Er liebte Strümpfe, ob halterlos oder an einem Strapsgürtel befestigt – und dazu High Heels. Strapse fand er eigentlich noch besser. Und die Nylons am allerbesten mit Naht!

Netzstrümpfe waren auch okay! Schon als Fünfjähriger hatte er seinen Tanten gern unter die Röcke geguckt, wenn er unter dem Tisch spielte. Sein Vorteil war, dass sie ihn noch für ganz und gar „unschuldig" hielten. Sie trugen alle Strapse und er mochte das Knistern, wenn sie ihre Beine übereinander schlugen und sie einen Blick auf das über ihre weißen Schenkel gestraffte Bändchen mit der Öse und dem Knopf freigaben, an denen ihre Nylons befestigt waren. Und den speziellen Geruch der durch ihre Körperwärme elektrostatisch aufgeladenen Strümpfe mochte er auch. Das war seine erste erotische Erfahrung – und die war prägend! Und was passierte in den 60ern??? Trotz Einführung der Pille und trotz der sexuellen Revolution wurden Strümpfe beinahe völlig von der Strumpfhose verdrängt und gänzlich unnötig in eine „verruchte" Ecke gestellt. Strumpfhosen waren schlicht die(!) Kontraindikation zu allen sexuellen Befreiungstendenzen der 60er. Die absoluten Liebestöter!!! Die Keuschheitsgürtel der Moderne!!! Die Lustkiller schlechthin!!! Strumpfhosen haben so gar nichts Feminines. Manche Frauen sehen darin aus wie eine Presswurst. Nicht einer von Sweetys Kumpels fand Nylon- oder Netzstrümpfe schlecht und Strumpfhosen gut. Nicht einer!!! Aber die Mädels schienen die abtörnende Wirkung von Strumpfhosen auf Männer völlig zu ignorieren. Und die Jungs trauten sich einfach nicht, die Sache 'mal offen anzusprechen. Kathy jedenfalls trug meistens Strümpfe. Nur an der Uni nicht! Da passten sie vielleicht auch nicht so ganz hin! Mit dem rechten Fuß gab Kathy gerade wieder Gas und beschleunigte den Wagen auf ungefähr 240 km/h. „Sag' 'mal, wie willst Du eigentlich einem Polizisten die Situation erklären, falls wir in eine Kontrolle geraten oder von einer Zivilstreife angehalten werden?", fragte Sweety. „Och, den Mantel kann ich sehr schnell überziehen, und das Sektchen drücke ich Dir in die Hand, bevor ich die Scheibe herunterlasse. Sollte ich ins Röhrchen pusten müssen – na, dann wird sich unser Anwalt eben darum kümmern", sagte sie völlig sorglos und nahm ein Pfefferminzbonbon aus dem Fach in der

Mittelkonsole. Kurz vor der Ankunft im Hotel zog Kathy ihren Mantel wieder über. Sie hatte das An- und Ausziehen ihres Mantels während der Fahrt echt drauf! Im Hotel kannte man sie. „Schön, dass Sie uns wieder 'mal beehren." Der Livrierte an der Rezeption musterte Sweety kurz, aber kritisch. „So, wie üblich – der Schlüssel für Ihre Suite." „Die Zusatzbemerkung ‚wie üblich' hätte er sich auch verkneifen können, der Arsch!", fand Sweety. Irgendwie kam er sich wie ein Callboy vor. „Die Suite ist der Hammer!", rief Sweety. War sie auch! Mit Blick über den Rheinhafen und einer Ausstattung vom Feinsten. Mit Terrasse, Wohnzimmer mit Telefon und Hi-Fi Anlage, eigenem Esszimmer mit Kochinsel, Konferenzzimmer mit Telefon, ein mit Marmor gefliestes Bad, ein gesonderter Toilettenraum und zwei Schlafzimmer mit je einem Telefon. Sweety interessierte vor allem der riesige Fernseher. Kein Flatscreen, den gab's noch nicht, aber riesig und mit Stereolautsprechern. Die *Sportschau* am morgigen Samstag mit einem Bericht des Spiels der Dortmunder Borussia gegen die aus

Gladbach war gesichert! Kathy stand der Sinn nach ganz etwas anderem. Kaum hatte Sweety die Räumlichkeiten inspiziert, zog sie ihren Mantel aus. Sie stand auf devot, so mit Fessel- und Strangulationsspielchen, was Sweety als anerkannter Kriegsdienstverweigerer nicht gerade mochte, aber er ließ sich darauf ein. Er war stets um Vorsicht bemüht, auch wenn sie es fester und härter verlangte. Kathy mochte diese BDSM-Rollenspiele eben! Suum cuique!

Am nächsten Vormittag begleitete er sie zum Shoppen auf die *Kö*. Unter anderem suchte sie einen Laden für Dessous auf, probierte die ausgewählten BHs, Höschen und Mieder in einer Umkleidekabine an, trat dann mit jedem neuen Teil heraus und ließ es jeweils von Sweety begutachten. „Wie findest Du das?" Sie stellte sich auf die Zehenspitzen und drehte sich. „Ist doch ganz niedlich, oder?" Sweety wurde es abwechselnd heiß und kalt. Da ständig eine Verkäuferin zugegen war, ließ er sich nichts anmerken. Zumindest bemühte er sich darum, sich nichts anmerken zu lassen. Aber bekanntlich kann man nicht alles willentlich steuern. Die Situation war ihm schon ein wenig peinlich.

Nach Kathys erfolgreichem Beutezug auf der *Kö*, auf dem sie sich noch mit einem Abendkleid, einem Paar Stiefel und einer schicken neuen Handtasche versorgt hatte, zog Sweety sich am späten Nachmittag zur Sportschau ins Hotel zurück. Kathy wollte sich ja für ein oder zwei Stündchen mit ihrer Freundin treffen. Nach etwa sechs(!) Stunden kam sie zurück ins Hotel, ziemlich vital und heiter und mit merkwürdig geweiteten Pupillen. Sweety hatte da ein paar Fragen an sie. Sie räumte freimütig ein, sich nicht nur mit ihrer Freundin, sondern auch mit ihrem Dealer getroffen zu haben. Er hatte sie mit ihrer Wochen-ration Koks versorgt. „Koks ist besser als Alkohol oder ein Joint", dozierte Kathy. „Du bleibst vollkommen klar und bist fit wie ein Turnschuh! Und vor allem: Andere riechen nichts! Du hast keine Fahne und Du stinkst auch nicht nach Tabak." Sie fragte, ob

Sweety 'mal eine Linie ziehen wollte. „Na ja", sagte Sweety, „probieren kann ich ja 'mal!" Kathy schüttete etwas Koks auf den Esstisch und zog es mit ihrer *Master Card* zu einer Linie. Sie rollte einen 50 DM-Schein zusammen und ließ Sweety ein Näschen voll schniefen. Danach schlief Sweety drei Tage und Nächte gar nicht mehr, schrieb wenigstens vier Songtexte und schoss beim Pöhlen am Sonntagvormittag zwei oder drei Tore. Da er aber wusste, wie schnell Kokain abhängig machte, nahm er es nie wieder. Obwohl es verdammt gut war! Auf Dauer hätte er es sich finanziell auch gar nicht leisten können. Kokain war und ist eher das „Dope" für Betuchte.

Sweety hatte Kathy, die eigentlich Katharina hieß, an der Uni kennen gelernt. Sie hatte ihn angesprochen, nachdem er sich bei einer Studentenvollversammlung im Großen Hörsaal der Uni ein Wortgefecht mit einigen Mitgliedern einer marxistisch-leninistischen Studentenvereinigung geliefert hatte. Sweety hatte vehement – unter

Einbeziehung einiger Argumente des Soziologen Max Weber über die Ethik im Kapitalismus – die soziale Marktwirtschaft gegenüber dem real existierenden Sozialismus verteidigt. Das war ziemlich mutig, weil die meisten der Studenten politisch ganz links außen waren. Sie lehnten alles Bourgeoise ab und sehnten die Revolution herbei. Sweety war gar nicht einmal so sehr von seiner eigenen Argumentation überzeugt. Er hielt es in der gegebenen Situation ganz einfach für erforderlich, diesen sehr radikalen und kämpferisch auftretenden Typen etwas entgegen zu setzen. Ihre Gesinnungs-ethik, die weitgehend aus der Intensität der politischen Ziele ihren Inhalt zog, stank Sweety ganz gewaltig! Sweety gab ganz klar einer Verantwortungsethik den Vorzug und er fragte sich, wie ein vernunftbegabtes Wesen überhaupt einer Ideologie anhängen könne, die den alleinigen Anspruch auf „die Wahrheit" oder „den rechten Weg" erhebt und alle anderen Wahrheiten und Wege kategorisch ausschließt. Warum können nur wenige

Menschen ganz ohne vermeintliche Wahrheiten leben? Finden sie einen Zustand der Ungewissheit, des grundsätzlichen Zweifels an allen vermeintlichen Wahrheiten so unerträglich? Das *Grundgesetz für die Bundesrepublik Deutschland* und die *Menschenrechtserklärung der Vereinten Nationen* genügten Sweety vollauf als moralische und normative Vorgaben. Er hätte sofort jeden einzelnen Artikel „voll inhaltlich" unterschrieben! Zudem erschien ihm ein Menschenbild, das von einem egoistischen Gewinnstreben, von einem persönlichen Streben nach Glück ausgeht, sehr viel realistischer zu sein, als das „sozialistische Menschenbild", dem – wenn es nach diesen überaus radikalen Studenten gegangen wäre – alle nach einer allmählichen Phase der Umerziehung entsprechen sollten. Sweety zuckte bei dem Gedanken zusammen, auf irgendeiner kommunistischen Massenjubelfeier als Nummer 1112 in Reihe 137 auf einem Sportfeld in Turnhose und Turnhemd irgendwelche zackigen und mit anderen gleichgeschalteten Bewegungen machen zu müssen.

Und was er kürzlich bei seinem Besuch in der DDR gesehen und erlebt hatte…! Jedenfalls wurde er seit diesem heißen Wortgefecht von den ganz Linken als „scheiß-bürgerlich Liberaler" beschimpft. Sweety hatte überhaupt nichts gegen die Bezeichnung „Liberaler". Er erinnerte sich genau, dass es schließlich die *FDP* war, die als einzige Partei – als leider zahlenmäßig weit unterlegene Oppositionspartei – zu Zeiten der *Großen Koalition* (1966-1969) gegen die *Notstandsgesetze* votiert hatte. Dieses geänderte Gesetzgebungsverfahren bei einem Notstand der Republik erinnerte doch in fataler Weise an die *Weimarer Verfassung*. Bei der *Notstandsgesetzgebung* besteht immer die Gefahr, dass der Notstand zur Regel, zum Dauerzustand wird, und damit der Weg der demokratischen Gesetzgebung ausgehebelt wird. Als Partei vertrat die FDP jedenfalls den *Liberalismus* und sie hatte sich immer für die Freiheit des Einzelnen und gegen zu viele Eingriffe durch den Staat eingesetzt – so zum Beispiel gegen die gesetzlich angeordnete Erhebung statistischer Bevölkerungsdaten im Zusammenhang mit Volkszählungen. Sie hatte den Vorwurf des Missbrauchs der erhobenen Daten durch Datenvernetzung zwecks Schaffung eines gläsernen Menschen ernst genommen. Damals!

Es gab allerdings jemanden, der Sweetys Argumentation während der Studentenvollversammlung zu schätzen wusste. Klar: Kathy! Sie stellte sich ihm nach Ende der Versammlung als Vorsitzende einer als eher bürgerlich-konservativ zu bezeichnenden Studentenvereinigung vor und sie gab sich alle erdenkliche Mühe, ihn für eine Mitgliedschaft zu gewinnen. So lud sie ihn auch zu sich nach Hause ein. Sweety wollte sich nicht vom bürgerlich-konservativen Studentenlager vereinnahmen lassen, weil die Sache mit dem „Muff von tausend Jahren", der noch immer unter den Talaren waberte und die ziemlich ungleichen Kapitalbesitzverhältnisse ja stimmte. Im Wesentlichen teilte er die Ziele der APO, ohne sich aber von einer der studentischen Vereinigungen an

seiner Uni vereinnahmen lassen zu wollen. „Egal",
dachte Sweety, „guck' Dir 'mal das traute Heim einer
Vorsitzenden des bürgerlich-konservativen Lagers an.
Könnte vielleicht ganz spannend werden!" Außerdem
fand er Kathy sehr attraktiv!

„Wir sind da!", sagte Kathy. Rechts und links eines
riesigen schmiedeeisernen Tores befanden sich in etwa
fünf Metern Höhe zwei Kameras an zwei Flutlicht-
laternenmasten. Links neben dem Tor war eine
Gegensprechanlage installiert. Kathy drückte auf den
Knopf einer kleinen Fernbedienung, die sie aus dem
Handschuhfach ihres *VW Käfer Cabriolet* gekramt
hatte, mit dem sie Sweety nach einem Proseminar
direkt von der Uni mit hierher ins südliche
Münsterland genommen hatte. Die beiden Flügel des
schmiedeeisernen Tores schwebten langsam und
beinahe geräuschlos nach hinten in den Innenteil eines
Parks mit Zufahrtsweg zu einem schlossartigen
Haupthaus, neben dem einige kleinere Wohngebäude
und Stallungen lagen.

Kathy war etwa zwei bis drei Jahre älter als Sweety. Sie war mittelgroß, schlank und sehr durchtrainiert. Ihre große sportliche Leidenschaft war das Turnierreiten. Sie besaß zwei eigene Springpferde. Ihre pechschwarzen Haare hatte sie zu einem „Pagenkopf" schneiden lassen – eine Frisur, wie sie die Damen vorwiegend in den „Goldenen Zwanzigern" trugen. Ihre dunkelbraunen, fast schwarzen Augen sprühten vor Tatkraft und Lebenslust. Auf der Fahrt zu ihrem Elternhaus hatte sie Sweety erzählt, dass sie den „Käfer" nur für die Fahrten von und zur Uni nutzte. Ihr Vater, einer der führenden Produzenten von Baumaschinen weltweit, hatte ihr zum bestandenen Vordiplom einen *911er Porsche Carrera* geschenkt. Sie hatten einen eigenen Fuhrpark, in dem sich etwa 10 verschiedene Nobelkarossen befanden. Kathy hatte zwei ältere Brüder im Alter von 36 und 38 Jahren. Beide waren in leitenden Funktionen im Unternehmen ihres Vaters tätig. Kathy war das „Nesthäkchen" ihrer Familie, die eindeutig zur „Upper Class" in Deutschland gehörte.

„Upper geht's nimmer!" dachte Sweety. Kathy führte eine Art Doppelleben: eins als Studentin und eins als Tochter eines schwerreichen Industriellen. In ihrem Leben „als Tochter" konnte sie manchmal sehr arrogant und blasiert sein. Als Sweety sie einmal zum Einkaufen in einen Schuhladen begleitete, empfahl die Verkäuferin ihr eine spezielle Pflegecreme für ihre gerade erstandenen neuen Schuhe. Kathy antwortete ihr: „Sie glauben doch wohl nicht, dass ich meine Schuhe putze?! Wenn sie verschmutzt sind, dann kaufe ich mir ein neues Paar Schuhe." Sweety empfand eine solche Bemerkung als unglaublich „daneben", selbst wenn Kathys Aussage vermutlich stimmte. Kathy bekam richtig Ärger mit ihm. Am ehesten mochte er die *Studentin* Kathy.

Sie hielten vor dem Haupthaus und betraten die Eingangshalle. „Hier drin könnte man locker zwei kleine Tore aufstellen und 4 gegen 4 oder sogar 5 gegen 5 pöhlen", dachte Sweety. Er versuchte, sich nicht sonderlich beeindruckt zu zeigen, obwohl er es war. Die Empfangshalle war riesig. Eine Treppe, die an die Salontreppe der *Titanic* erinnerte, führte nach oben auf die Empore. Oben stand Kathys Mutter, eine sehr elegante Dame mit hochgesteckten, dunkelblond getönten Haaren, die gerade mit einem etwas rundlichen älteren Herrn mit Hornbrille sprach. Es war der Anwalt und Notar der Familie, Herr Dr. Hengst (er hieß wirklich so!). Als die beiden Kathy und Sweety unten in der Halle bemerkten, unterbrachen sie ihr Gespräch und kamen die Treppe herunter, wobei „kamen" im Fall von Kathys Mutter das völlig falsch gewählte Verb ist. Sie *schritt* die Treppe hinunter, eine Hand leicht auf das Geländer gelegt und wegen ihres sehr engen schwarzen Kleides vorsichtig ein wenig seitlich und ganz leicht in den Knien federnd auf ihren hohen Schuhen Treppenstufe für Treppenstufe nehmend. Das war ganz großes Kino! „Eine *Grace Kelly* hätte das nicht eleganter hinbekommen", dachte Sweety. Während dieses „Abstiegs" sah sie ihn die ganze Zeit über freundlich lächelnd an, ohne ein einziges Mal auf die Stufen zu schauen. Unten angekommen, streckte sie ihm leicht ihren Handrücken entgegen, so dass man sich verpflichtet sah, sie gebührend mit einem Handkuss zu begrüßen. Sweety checkte die Lage sofort, ergriff leicht ihre Hand und beugte sich über diese, einen Kuss nur antäuschend. Er wusste, dass man seine Lippen bei einem formvollendeten Handkuss nicht wirklich auf den Handrücken einer Dame presst - auch wenn in diesem zusammengesetzten Substantiv das Wort „Kuss" enthalten ist. „So, so, Sie sind also der junge Mann, von dem Kathy mir schon so viel berichtet hat!? Seien Sie herzlich willkommen!" „Vielen Dank, gnädige Frau! Es ist mir eine Freude und eine Ehre, Sie einmal persönlich kennen lernen zu dürfen", erwiderte Sweety, ganz die alte Schule herauskehrend. „Kathy hat mir schon viel von Ihnen erzählt", log Sweety. „Wie ich hoffe, nur Gutes!?" - „Ausschließlich Gutes, wie ich Ihnen versichern kann", säuselte Sweety. Er hatte gepunktet, obwohl seine Kleidung offensichtlich völlig deplatziert an einem Ort wie diesem war. „Wie ich hörte, sind Sie nicht nur ein Kommilitone, sondern auch Rockmusiker!?", fuhr sie fort. „Genau genommen *Rhythm 'n' Blues-Musike*r, gnädige Frau!", stellte Sweety richtig. Die Band war während der vergangenen Monate musikalisch wirklich eher in Richtung *Rhythm 'n' Blues* und *Blues Rock* marschiert. „Nun, wie dem auch immer sei – es wäre uns eine große Freude, wenn Sie mit ihrer Band auf unserer Firmenfeier hier auf dem Anwesen spielen würden. Im Kreise von etwa 500 geladenen Gästen wollen wir im kommenden Monat das 150jährige Bestehen unseres Unternehmens feiern." „Es wäre mir und meinen Kollegen aus der Band eine große Ehre, gnädige Frau", versicherte Sweety. „Oh, das ist ganz reizend von Ihnen! Wir haben bereits ein Streichquartett verpflichtet und die Musik ihrer Band wäre doch ein schöner Kontrast – beziehungsweise eine schöne Ergänzung – ganz wie Sie es sehen wollen. Bitte klären Sie die Details doch mit unserem guten Dr. Hengst hier. Es hat mich wirklich sehr gefreut!" Der nächste Handkuss war fällig! „Die Freude war ganz auf meiner Seite, gnädige Frau", erwiderte Sweety sich artig über ihrer Hand beugend, bevor sie entschwebte.

„Wenn Sie mir bitte in mein Büro folgen wollen", sagte Dr. Hengst und deutete mit einer leichten Verbeugung in die Richtung, in der sich sein Büro befand. „Bitte wenden Sie sich wegen der Details an unseren Manager", sagte Sweety, nachdem Sie in Dr. Hengsts Büro, das sich irgendwo im Westflügel des Haupthauses befand, Platz genommen hatten. „Er hat vorbereitete Künstlerverträge, in denen sämtliche Rechte und Pflichten des Veranstalters und der Künstler schriftlich fixiert sind und er kann Ihnen unsere Gagenforderung nennen. Ich schreibe Ihnen 'mal eben seine Telefonnummer auf", fuhr Sweety fort und ärgerte sich ein wenig, dass er keine von Harrys Visitenkarten dabei hatte. Eine Telefonnummer auf einen Zettel zu schreiben, sah nicht eben professionell aus. „Oh, Sie haben einen Manager!

Interessant! Dann wollen wir ihn doch gleich einmal anrufen", sagte Dr. Hengst aufgeräumt und wählte die Nummer, die Sweety ihm auf den Zettel geschrieben hatte.

„Ja, hier Hengst…", - weiter kam er nicht. Er hielt leicht entgeistert blickend den Telefonhörer in der Hand. „Ihr Manager hat mich – ungeheuerlich! - soeben ein ‚Arschloch' genannt und aufgelegt." Sweety überlegte kurz. „Oh, ich kann mir denken, warum er Sie so genannt hat." „Na, da bin aber 'mal gespannt!", rief Dr. Hengst aus. „Hat sich unser Manager mit seinem Namen gemeldet?", fragte Sweety. „Ja, ich habe ihn allerdings nicht genau verstanden. Irgendwas mit einem ‚S' vorne, glaube ich", grübelte Dr. Hengst. Sweety klärte ihn auf. Das Telefongespräch war wie folgt verlaufen: Harry hatte den Hörer abgenommen und sich mit seinem Nachnamen gemeldet. „Stute!?" „Ja, hier Hengst!", meldete sich Dr. Hengst. Harry, der dies für einen der üblichen Scherze mit seinem Nachnamen hielt, sagte

‚Arschloch' und knallte den Hörer auf die Gabel. Selbst der gutmütige Harry hatte solche Scherze allmählich dicke. Dumm nur, dass beide Gesprächsteilnehmer so hießen, wie sie hießen. Sweety bat Dr. Hengst um einen erneuten Anruf bei Harry, übernahm den Hörer und erklärte den Sachverhalt. Harry und Dr. Hengst mussten beide sehr lachen. Harry nahm die Adresse auf und sagte zu, die Vertragspapiere für die geplante musikalische Veranstaltung umgehend an Dr. Hengst zu schicken. Die Gage für den vertraglich zugesicherten zweistündigen Auftritt der Band bewegte sich in einem mittleren vierstelligen Bereich. Das hatte Harry gut hinbekommen!

Dr. Hengst war ein netter Kerl. Er war Wirtschafts- jurist und schon viele Jahre für das Unternehmen der Familie tätig. Er regelte aber auch alles andere, was der Vertragsform bedurfte und bei dem juristisches Wissen gefragt war. Häufig war er etwas zerstreut. So klopfte er auch beim Verlassen eines Raumes an die

Tür oder er notierte sich die Nummer der Seite im Telefonbuch, auf der die Rufnummer stand, die er später wählen wollte. Was Sweety aber besonders an ihm mochte, war die Tatsache, dass Dr. Hengst glühender Fan des BVB war – so mit Jahreskarte und allem. Man kann im Münsterland nämlich nicht davon ausgehen, dass es dort ausschließlich BVB-Fans unter den Fußballinteressierten gibt. Ganz versprengt sollen dort auch einige Anhänger von Herne-West leben – munkelt man!

Nach dem Aufenthalt in Dr. Hengsts Büro stiegen Kathy und Sweety eine Wendeltreppe aus schweren Bohlen hinab und gelangten in ein riesiges Kellergewölbe, über dessen Holzportal „Auerbachs Keller" stand. Goethe ließ grüßen. In dem Augenblick als Sweety die Inschrift sah, ahnte er, dass er irgendwo in diesem Gewölbe vermutlich noch auf die Sprüche „Gaudeamus igitur!" (*Lasst uns also fröhlich sein!*) und „Vita nostra brevis est, brevi finietur!" (*Unser Leben ist kurz, in Kürze wird es vor-*

über sein!) stoßen würde. Er sollte Recht behalten.

Der eigentliche Zweck von Kathys Einladung an Sweety war es, ihn an diesem Nachmittag mit den Mitgliedern ihrer Studentenvereinigung bekannt zu machen. Als sie den Saal betraten, waren die meisten der Mitglieder bereits anwesend. Sie kannten sich auf dem Anwesen aus und hatten den Zugang zu „Auerbachs Keller" über einen Eingang vom Seitentrakt des Haupthauses aus genommen. Sweety wurde freundlich begrüßt. Die Studenten – und einige wenige Studentinnen – machten zunächst etwas „Konversation" mit ihm, wobei jeder von ihnen sich als möglichst „sophisticated" darstellen wollte. Sweety hätte ihre Ansichten zu einer Bildungsreform gern in Erfahrung gebracht, doch politische Themen wurden nicht diskutiert. Das Treffen war mehr eine Art von Brauchtumspflege, mit traditionellen Ritualen, die schon ihre „Alten Herren" vollzogen hatten. Das alles war hart an der Grenze zu einer „schlagenden Verbindung". Es wurde allerdings nicht mit Korbschlägern gefochten. Jedenfalls waren ihre Gesichter frei von Schmissen. Sweety hatte echt nicht vor, in dieser Studentenvereinigung Mitglied zu werden – sehr zum Leidwesen von Kathy.

Die Schar der illustren Gäste der Feier zum 150jährigen Bestehen des Unternehmens wurde angeführt vom damaligen Ministerpräsidenten des Landes Nordrhein-Westfalen, Herrn Heinz Kühn. Zahlreiche Bundestags- und Landtagsabgeordnete, Oberbürgermeister und Bürgermeister verschiedener Städte und Kommunen, Oberstaatsanwälte, Polizeidirektoren und Unternehmer waren der Einladung gefolgt. Weiße Zeltpavillons mit Stehtischen waren überall auf der großen Wiese hinter dem Haupthaus aufgebaut worden. Vor einer eigens errichteten Bühne standen lange Reihen mit gepolsterten Stühlen. Ton- und Lichttechnik waren vom Feinsten. Da Streichquartett und Band im halbstündigen Wechsel spielten, konnte Sweety sich ein wenig unter die Gäste mischen. Kathy stellte ihm einen namhaften

Konzertveranstalter vor, der der Band einige Jahre später das Angebot für die Europa-Tournee unterbreiten sollte. Hier, auf dieser Jubiläumsfeier, fand der Konzertveranstalter die Mischung aus Rock und Klassik interessant, die ihn später zu Veranstaltungen wie *Rock meets Classic* und *Night of the Proms* inspirierte. Die Idee von Kathys Mutter machte also Schule! Die Band hatte anfänglich Bedenken, auf einer Veranstaltung zu spielen, bei der ein Streichquartett auftrat. Rocco schlug vor, auf seiner *Hammond-Orgel* mit der *Toccata und Fuge d-Moll* von *Johann Sebastian Bach* zu beginnen, in die die Band dann mit dem rockigen *Junior's Wailing* von *Steamhammer* einsteigen sollte. Das kam unglaublich gut beim Publikum an. Roccos *Leslie* Rotationslautsprecher erzeugte einen wirklich unglaublichen, chorusähnlichen, sakralen Effekt bei der *Toccata*. Kathys Mutter äußerte später anerkennend, dass sie nicht erwartet hätte, dass ein Rockmusiker so gut klassische Stücke interpretieren könnte. Die *Toccata* von Bach zählte zu ihren absoluten Lieblingsstücken.

Sweety ließ sie wissen, dass Rocco studierter Orgel- und Kirchenmusiker war. Les spielte ein Gitarrensolo bei einer Eigenkomposition der Band mit dem Titel *Down by the River* so gefühlvoll und filigran, dass es beinahe wie auf einer *Stradivari* gespielt klang. Die Gäste der Feier und die Damen vom Streichquartett, das aus vier netten und hübschen jungen Damen aus Bonn bestand, waren ganz aus dem Häuschen! Die Band einigte sich mit ihnen, im halbstündigen Wechsel aufzutreten und zum Abschluss gemeinsam *A Whiter Shade of Pale* von *Procul Harum* zu spielen. Dieses Stück begründete etwa ab 1967 die Stilrichtung des *Baroque Rock*, die später vor allem durch *Deep Purple* viele Anhänger fand. Die vier Mädels stimmten einem gemeinsamen Auftritt begeistert zu! Sweety fand sie aber auch in ihren eigenen halb- stündigen Auftritten echt gut. Sie spielten Stücke von *Haydn, Boccherini, Telemann, Mozart, Beethoven, Schubert, Brahms* und *Verdi* – allesamt Kompositionen für zwei Violinen, eine Bratsche und ein Violoncello.

Das gemeinsame, nur einmal kurz zuvor eingeprobte *A Whiter Shade of Pale* kam bei den geladenen Gästen so gut an, dass der Konzertveranstalter Band und Streichquartett für vier weitere Veranstaltungen – nach Rücksprache mit den Musikerinnen des Quartetts – beim dicken Harry buchte. Harry unterhielt sich während der Veranstaltung lange mit Dr. Hengst. Immer wieder erzählten sie den umstehenden und äußerst amüsiert wirkenden Gästen von ihrem ersten, missglückten Telefongespräch.

14

Les' Eltern hatten sich zur Ruhe gesetzt, Mallorca als ideale „Rentner-Insel" für sich entdeckt und in Port Andratx eine kleine, etwa 60 Quadratmeter große Eigentumswohnung gekauft. Ihre beiden Tante-Emma-Läden hatten sie zuvor mit Gewinn an eine große Handelskette verkauft. Sie verbrachten die Wintermonate dort – etwa von Oktober bis März. Les hatte den Bungalow also ganz für sich. Der Keller des Hauses wurde als Proberaum der Band genutzt – jedenfalls während der halbjährigen Abwesenheit von Les' Eltern.

Les hatte sich verändert. Vielleicht waren ihm die kleinen Erfolge der Band zu Kopf gestiegen. Seine Lehre als Dekorateur hatte er geschmissen. Von seinem Meister ließ er sich nichts sagen. Er hatte ihm sogar Prügel angedroht. Les arbeitete gar nicht mehr – abgesehen von seinen Auftritten als Musiker. Er wollte „Späßgen" haben und wie ein Rockstar leben – und das hieß für ihn *Sex, Drugs and Rock 'n' Roll*. Er soff und kiffte wie ein Berserker. Aus den Proben im Keller machte er regelrechte Orgien. Der Kellerraum im Bungalow maß etwa hundert Quadratmeter. In einer Ecke des Kellerraumes befand sich eine Art Holzkabine mit einem schmalen Sichtfenster. In dieser Kabine waren eine Sauna, ein Kaltwasserbecken und eine Dusche untergebracht. Beinahe jeden Abend veranstaltete Les in diesem „Wellness–Bereich" sein so genanntes „Show-Poppen". Er spielte zunächst etwa zwei bis drei Stunden mit der Band und ging dann mit dem ersten Mädel unter die Dusche. Irgendwann folgten dann die Mädels Nummer zwei, drei und vier. Ein paar vor den verklemmten Jungs („Unser Hans-Joachim macht ja jetzt eine Bank-lehre") hingen dicht gedrängt am Sichtfenster und sahen zu. Jeden Abend waren etwa vierzig bis fünfzig „engere" Freunde der Band im Haus anwesend und bedienten sich an den Getränken, die Les kistenweise mit „Klaus – Dieter" ankarrte. Sauberkeit spielte keine große Rolle. So warfen die „engeren" Freunde zum Beispiel die Kronkorken der Bierflaschen achtlos in zwei größere Blumenvasen im Wohnzimmer. Der Weg in die Küche zum Mülleimer schien ihnen offenbar zu weit gewesen zu sein. Bei einer der wöchentlich durchgeführten Reinigungsaktionen von Freddie, Rocco und Sweety fanden sie in den Vasen jeweils ca. 800 Kronkorken. Die aus Fischkonserven und aus zweimal wöchentlich gelieferten Paletten mit Eiern bestehenden Essensvorräte waren innerhalb kürzester

Zeit verbraucht. Jeder bediente sich wie er wollte, bekam Musik geliefert, konnte kiffen, durfte beim „Show-Poppen" zugucken oder in einem der fünf Zimmer im Erdgeschoss selbst aktiv werden. Die ganze Geschichte war absolut chaotisch! Manchmal bekamen die Mädels, die eifrig beim „Show-Poppen" mitgewirkt hatten, einen „Moralischen". Sie heulten, kamen sich „benutzt" oder „schmutzig" vor, während Les sich unter der Dusche bereits mit dem nächsten Mädel amüsierte. Sie alle hatten die Hoffnung, dass Les so etwas wie ein fester Freund für sie werden könnte. Sweety fuhr die derart Enttäuschten oft nach Hause. Sein Mitleid für sie hielt sich in Grenzen. Sie hatten mit dem Feuer gespielt und sich verbrannt. Sweety mochte keine Mädchen, die sich so leicht und vor Zuschauern hingaben – auch nicht in der Ära der „freien Liebe". Außerdem war Sweety eine lange Zeit Messdiener gewesen – und das wirkte irgendwie nach!

Nach einigen Wochen eines Lebens mit Sex, Drugs und Rock 'n' Roll sah Les aufgedunsen und völlig fertig aus. Er hatte dicke Ränder unter den Augen und konnte kaum noch klar artikulierte Sätze sprechen. Öffentliche Auftritte mit ihm wurden zum Risiko für die Band. Die Jungs aus der Band wussten nie, ob er einen Auftritt durchstehen würde. Bei einem weiteren Gig im „Fritze" - einige Jahre nach dem „Krieg der Rockerbanden" dort - war er so mit Alkohol und Drogen zugedröhnt, dass er fast jeden Einsatz verpasste, Dur-Tonarten verwechselte und völlig schief und krumm spielte. Das bedeutete Stress pur für die gesamte Band, die mittlerweile mit „Gebläse" spielte – mit zwei Posaunisten, einem Saxophonisten und einem Trompeter. Der Saxophonist, Peter, genannt Pit, konnte auch Querflöte und Klarinette spielen und war zudem ein guter Sänger. Nachdem Les zum wiederholten Male seinen Einsatz verpasst hatte und nur noch mehr oder weniger über die Bühne torkelte, fragte Pit über das Gesangsmikrophon: „Kann einer aus dem Publikum vielleicht Gitarre spielen?" Diese Frage war ganz klar ein Fehler! Les hielt sich für einen absoluten Top-Gitarristen, dem niemand das Wasser reichen konnte. Das stimmte auch beinahe – aber nur, wenn er nüchtern war. Jedenfalls empfand Les diese Frage als narzisstische Kränkung hoch drei! Er schnallte seine Telecaster ab – und die ist mit ca. 3,5 kg Gewicht ganz schön schwer(!) – und versuchte, Pit damit zu erschlagen. Pit wich zur Seite aus. Der Hieb verfehlte ihn knapp, und die Telecaster knallte mit einer derartigen Wucht auf den Bühnenboden, dass sich einzelne Holzpanelen lösten und hoch bis unter die Decke der Bühne sprangen. Les war so richtig in Rage! Der angerichtete Schaden störte Les in keiner Weise. Er war noch nicht mit Pit fertig! Der sprang von der Bühne und lief auf dem rechten Seitengang an den Zuschauern vorbei auf die Ausgangstür zu. Er erreichte sie unter dem Gejohle des Publikums mit Müh' und Not und verriegelte sie, indem er die offen stehende Tür ins Schloss fallen ließ und den Panikhebel blitzschnell nach oben stellte. Zur weiteren Sicherung stemmte sich Pit von außen gegen die Tür. Die beiden großen Glasscheiben der massiven Metalltüren waren bruchsicher, durch ein feines Gitter aus Draht verstärkt. Das bewahrte Pit davor, von Les' zweitem Schlag mit der Telecaster getroffen zu werden. Pit stand die nackte Panik ins Gesicht geschrieben. Das Glas splitterte zwar, hielt aber der Wucht von Les' Schlag stand. Fünf andere Jungs aus der Band schafften es nur mit Mühe und mit vereinten Kräften, den tobenden und völlig auf Pit fixierten Les von weiteren Schlägen abzuhalten. Freddie drückte ihm eine Flasche Pils in die Hand und nahm ihm die *Telecaster* ab. Sweety steckte ihm eine „Rote Hand" (*Rothendle*-Zigarette) an. Dann führten sie Les in den Umkleideraum. Sweety bat die Leitung des „Fritze" von einer Anzeige abzusehen und versicherte, dass die Band für den entstandenen Sachschaden aufkommen würde. Die Verantwortlichen willigten ein, erteilten Les aber ein Hausverbot auf Lebenszeit. Wieder waren die Zeitungen voll. „Lead-Gitarrist der härtesten Arbeiterband im Ruhrgebiet rastete völlig aus! Posaunist der Band fürchtete um sein Leben! Hoher Sachschaden bei Rockkonzert im Fritz-

Henßler-Haus." So und ähnlich lauteten die Schlagzeilen. Ein Jahr später spielte die Band noch einmal mit Les im „Fritze". Als der Hausmeister ihn kurz vor dem Auftritt wieder erkannte, wurde er blass, sagte aber nichts. War vielleicht auch besser so!

Les blieb nach wie vor ein Risiko. Eines frühen Morgens Ende Juli 1977 befand sich die Band auf der Rückfahrt von einem Auftritt in Siegen. „Ey, Jungs, watt is' schlimmer als wie Verlieren? Antwort: Siegen!!!", scherzte Lohnstreifen auf der Fahrt. Lohnstreifen, immer noch treuester Fan der Band und zu deren Chef-Roadie avanciert, fuhr einen *1802er BMW*, in dem Rocco, Sweety und Les saßen. Freddie und zwei Roadies transportierten in „Klaus-Dieter" das gesamte Equipment der Band. An einer Autobahnabfahrt gerieten sie in eine Polizeikontrolle. Die Polizisten hatten eine Sperre hinter der Kurve der Abfahrt aufgebaut, wo die Zweispurigkeit in Einspurigkeit übergeht. Zwei Streifenwagen standen quergestellt auf der Fahrbahn und ließen nur eine schmale Durchfahrtsmöglichkeit. Die Beamten waren mit Maschinengewehren bewaffnet, die sie halb hoch auf Lohnstreifens *BMW* richteten. Die Baader-Meinhof-Leute nutzten überwiegend *BMW*-Fahrzeuge als Fluchtwagen. Sie wurden gerade im Rahmen einer großen Fahndungsaktion gesucht. Les lag auf der Rückbank und schlief. Es war nachts doch recht kühl und Les trug einen Kunstfellmantel, hatte eine lange Matte und einen Stoppelbart und sah, weil wieder 'mal bekifft und betrunken, ziemlich mitgenommen und Furcht einflössend aus. Die Polizisten waren wohl etwas nervös. „Steigen Sie langsam und mit erhobenen Händen aus dem Fahrzeug aus! Legen Sie dann die Hände auf das Dach des Streifenwagens, der sich rechts von ihrem Fahrzeug befindet!" Die Jungs waren ziemlich geschockt. Die Polizisten hielten ihre Maschinengewehre direkt auf sie gerichtet. Sweety, Rocco und Lohnstreifen folgten den Anweisungen der Polizisten aufs Wort. Am Streifenwagen angekommen, legten sie die Hände aufs Dach. Dann mussten sie die Beine auseinander stellen und wurden abgetastet. Les lag noch im *BMW* und pennte. Als er mit einem Megaphon mehrfach lautstark zum Verlassen des Wagens aufgefordert wurde, wachte er allmählich auf und fing an zu stänkern – ausgerechnet in einem Vokabular, das schwer an das Vokabular der RAF – Mitglieder erinnerte „Ihr Bullenschweine, Scheißkapitalistenknechte, leckt mich doch am A...! Warum könnt Ihr friedliche und hart arbeitende(?) Menschen nicht in Ruhe schlafen lassen? Haut bloß ab!" Sweety war echt in Sorge, dass einer der Uniformierten unter Les' Beschimpfungen einen nervösen Zeigefinger entwickeln könnte. Jedenfalls war das Resultat von Les' Krakeelerei, dass sie ihn in Handschellen auf ein Polizeirevier unweit der Autobahn brachten. Nachdem seine Personalien festgestellt worden waren, wurde er in eine Ausnüchterungszelle verbracht, in der er die Nacht verbringen musste. Die anderen Jungs durften nach Feststellung der Personalien die Fahrt fortsetzen. Aus dem Autoradio erfuhren sie, dass die RAF einige Stunden zuvor den Vorstandssprecher der *Dresdner Bank,*

Jürgen Ponto, ermordet hatten. Am nächsten Tag holte Sweety den wesentlich ruhiger und kleinlaut gewordenen Les mit dem Auto vom Polizeirevier ab. Sweety erklärte die Situation – dass sie sich auf der Rückfahrt von einem Auftritt in Siegen befunden hätten, dass der Kollege wohl etwas zu viel Bier getrunken hätte usw., usw. „Nur gut, dass die Beamten keinen Drogentest bei Les vorgenommen haben!", dachte Sweety. Er bat die Polizisten inständig von einer Anzeige wegen Widerstands gegen die Staatsgewalt und Beamtenbeleidigung abzusehen. Sie willigten ein. Les kam 'mal wieder mit einem blauen Auge davon! Aber er machte den Jungs mehr und mehr Stress. Es war nicht immer einfach, die Dinge für ihn zu regeln. Les selber fand es toll, im Knast gewesen zu sein – wenn auch nur für eine Nacht. Auf den folgenden Feten im Bungalow brüstete er sich damit, dass er es den „Bullen" 'mal so richtig gezeigt hätte. Sweety und die anderen Jungs stellten sich so einige Fragen.

Rocco, Freddie und Sweety beratschlagten sich in Abwesenheit von Les. Das Ergebnis ihrer Besprechung war, dass sie ihm einige Bedingungen stellen würden. Sollte er diese nicht erfüllen, so würden sie sich von ihm trennen. Die Jungs waren mit ihrem Latein und ihren Nerven am Ende. Sie hatten Les unzählige Male gebeten, weniger zu saufen und zu kiffen. Les hatte sich bei solchen Gesprächen immer sehr einsichtig gezeigt und Besserung gelobt. Doch er ließ seinen Beteuerungen keine Taten folgen. Dutzende Male hatten sie ihn nach Hause geschafft, wenn er sturzbesoffen und zugedröhnt irgendwo herumlag. Jeder Auftritt geriet zu einem Vabanquespiel. „Hör' mal zu, Les", sagte Freddie dann bei einer angesetzten Besprechung für alle Bandmitglieder „wir haben beschlossen, dass wir ab sofort wieder ohne Gäste proben. Sollte das hier bei Dir nicht möglich sein, dann gehen wir wieder zurück in unseren alten Proberaum. Und Du musst mit dem Saufen und dem Kiffen aufhören. Sweety hat eine astreine Entzugsklinik für Dich aufgetan! Wenn Du diesen Bedingungen nicht zustimmen kannst, dann müssen wir uns von Dir trennen!" Les lief bei Freddies Worten puterrot an. Dann explodierte er. „Was ich in meinem(!) Haus mache, ist ja wohl meine Sache! Und wenn ich hier 'ne Dauerfete machen will, dann ist das mein Bier! Entzug? Ha! Weshalb das denn? Ich kann jederzeit, versteht ihr, jederzeit(!) aufhören, wenn ich will! Ihr spinnt doch! Haut bloß ab, ihr Arschlöcher, ihr Spießer! Ich kann mein Späßgen auch ohne euch haben!" Nach diesem Ausbruch verabschiedeten sich die Jungs von Les. Der drohte noch jedem einzelnen von ihnen Schläge für den Fall an, dass sie ihm 'mal über den Weg laufen sollten. Die Jungs sahen Les nie wieder. Wie Sweety einige Jahre später von einem Bekannten erfuhr, ist Les ziemlich früh verstorben.

Auch Kathy verstarb früh. Einige Monate nach der Trennung von Les waren die Nachrichten im Fernsehen und im Radio sowie die Zeitungen voll mit der Meldung über Kathys Tod. „Industriellentochter tot am Rheinufer aufgefunden. Nackte Frauenleiche weist Fesselspuren an Handgelenken und Strangulationsmerkmale am Hals auf. Sexualmord? Raubmord? Polizei tappt noch im Dunklen." So oder ähnlich lauteten die sich überschlagenden Meldungen und Schlagzeilen. Mehrere Fotos, auf denen die nackte, ermordete Kathy zu sehen war, wurden auch veröffentlicht. „Geschmacklos!", fand Sweety.

Er war von Kathys gewaltsamen Ende schockiert, wenngleich auch nicht sonderlich überrascht. Er hatte seit dem Ende ihrer Studienzeit vor etwa 4 Jahren keinen Kontakt mehr zu Kathy gehabt. Während die Polizei einen Raubmord oder einen Sexualmord oder eine Kombination beider Verbrechen vermutete oder sogar von einem weiteren Mord der RAF ausging - obwohl diese ihre „bourgeoisen" Opfer ja alle erschossen, ja regelrecht hingerichtet hatte - ging Sweety von einer Art Unfall aus. Er vermutete, dass irgendjemand bei ihren Fesselspielchen wohl aus der Rolle gefallen war – vielleicht unter Drogen- oder

Alkoholeinfluss. Kathy hatte ja das Spiel mit dem Feuer geliebt. Sie hatte Sweety vor ihrem gemeinsamen Wochenendaufenthalt in Düsseldorf auch nicht besonders gut gekannt, und wer in jungen Jahren fast alles mit Geld regeln kann, wird schnell übermütig und unvorsichtig. „Wer weiß, an wen sie mit ihrer gefährlichen sexuellen Neigung geraten war!?", fragte Sweety sich. Er schickte Blumen und eine Beileidskarte. Die Beerdigung fand im engsten Kreis der Familie statt.

15

„Ihr könnt in der *Westfalenhalle II* als Vorgruppe einer britisch-amerikanischen Heavy-Metal-Band spielen", verkündete Harry stolz. Er hatte den Kontakt zu Dr. Hengst aufrechterhalten – besonders in der nicht nur für die Familie schweren Zeit nach Kathys Tod. Dr. Hengst seinerseits stand nach wie vor in Kontakt mit dem namhaften Konzertveranstalter und Musikmanager, den die Band auf der Jubiläumsfeier bei Kathys

Eltern kennen gelernt hatte. Dr. Hengst hatte Harry gebeten, sich mit dem Veranstalter in Verbindung zu setzen. Harry erfuhr von ihm, dass eine international renommierte Heavy-Metal-Band im Rahmen einer von ihm organisierten Europa-Tournee in Dortmund Station machen wollte. Für den Auftritt in der *Westfalenhalle II* suchten sie noch eine Vorgruppe, die zwei Voraussetzungen erfüllen musste: Sie musste erstens in Dortmund und den umliegenden Städten populär sein, um dem Auftritt ein gewisses Lokalkolorit zu verleihen und um zusätzliches Publikum anzuziehen. Zweitens durften sie selber kein Heavy-Metal spielen. Eine Konkurrenzsituation, eine Vergleichsmöglichkeit hinsichtlich der musikalischen Qualität innerhalb einer Stilrichtung sollte so vermieden werden. Es wäre ja auch irgendwie peinlich, wenn die Vorgruppe besser als der Top Act wäre.

Da die Band um Freddie, Rocco und Sweety beide Voraussetzungen erfüllte, sagten sie zu. Natürlich ging ihnen die Düse! *Westfallenhalle II* !!! Nach der

Trennung von Les hatte Freddie die Lead-Gitarre übernommen. Schon in der Zeit, in der er in der Band Bass spielte, hatte er Unterricht für klassische Gitarre genommen und zu Hause fleißig geübt. Dabei hatte sich Freddie zugleich sehr an *Eric Clapton*, *Garry Moore* und *Jeff Beck* orientiert. Mittlerweile spielte er eine astreine Rhythm 'n' Blues-Gitarre mit etwas Jazz-Rock-Einschlag. Jedenfalls spielte die Band kein Heavy-Metal.

Freddies Platz am Bass innerhalb der Band wurde zunächst von Nobby besetzt. Nobby war ein unglaublich netter und ruhiger Kerl. Kurz nachdem Nobby zur Band gestoßen war, erkrankte seine Frau im Alter von 36 Jahren an Brustkrebs. Nobby pflegte sie liebevoll ein halbes Jahr lang und kümmerte sich rührend um die gemeinsame 12jährige Tochter. Als seine Frau schließlich verstarb, war Nobby völlig neben sich. Er fing sich nicht mehr. Den Tod seiner Frau konnte er nicht verkraften. Beim Proben war er nie mehr richtig bei der Sache, und die Band musste sich schweren Herzens von Nobby trennen.

Dann kam Werner. Rocco hatte ihn in seiner
Studentenzeit kennen gelernt. Werner entpuppte sich
als echter Glücksgriff für die Band. Werner war
Musiklehrer und ein gestandener Bassist mit großer
Erfahrung, die er in verschiedenen Bands gesammelt
hatte. Durch ihn erhielt die Band einen ganz eigenen,
unverwechselbaren Rhythm 'n' Blues Sound.
Irgendwie spielte er den Bass sehr schwer und
gefühlvoll, dann aber auch wieder sehr ‚funky'. Für
den anstehenden Auftritt in Halle II heuerte die Band
wieder die beiden Posaunisten, den Saxophonisten
und den Trompeter an, mit denen sie bei Les'
Ausraster im „Fritze" gespielt hatten. Die Bläser
sagten sofort ihr Mitwirken zu, nachdem sie erfahren
hatten, dass sich die Band von Les getrennt hatte. Die
so zusammengestellte Band hatte etwa sechs Monate
Zeit, um sich auf den Auftritt vorzubereiten. In der
Zwischenzeit wurden Plakate gedruckt und überall in
der Stadt aufgehängt. Die Band wurde groß als

„Special Guests" angekündigt. Der Kartenvorverkauf lief gut an. An der Abendkasse waren nur noch einige wenige Restkarten erhältlich, die aber im Nu verkauft waren.

Sweety gab am Vortag des Konzerts das Passfoto ab, um welches ihn das Management der britisch-amerikanischen Schwermetaller gebeten hatte. Es wurde auf einen VIP-Ausweis getuckert, mit dem Sweety alle Kontrollpunkte auf dem Hallengelände frei passieren konnte. Ein Soundcheck mit dem Equipment der Heavy-Metal-Band war angesetzt worden. Bei dieser Gelegenheit sollte Sweety endlich die berühmten Profimusiker kennen lernen.

Die Jungs seiner Band standen schon auf der Bühne und warteten auf Sweety. Sie waren als erste mit dem Soundcheck dran. Während des Checks lernten sie eine absolut professionelle Zusammenarbeit von Bühnen-, Licht- und Tontechnikern kennen. Jedes Detail wurde in einem Raster schriftlich fixiert. Die Bühne wurde mit Kreuzen aus Klebestreifen markiert, so dass ein Lichtkegel den Standort eines jeden Musikers ausleuchten konnte. Jeder Musiker wusste, wo er zu stehen hatte. Die Höhen für die Mikroständer, den Schlagzeugsitz und die Tom-Toms wurde je nach Körpergröße justiert und die Einstellungen genauestens notiert. Die Reihenfolge, in der die Songs gespielt werden sollten, wurde auf einer Liste festgehalten. Alle Songs wurden während des Soundchecks einmal angespielt und die Bass- und Höhenfrequenzen für jedes einzelne Instrument und für den gesamten Sound der Band auf die Hallenakustik abgestimmt, wobei eine „volle" Halle, also mit Publikum, simuliert werden konnte. Passagen einzelner Songs, in denen zum Beispiel Echohalleffekte für die Gitarre benötigt wurden, wurden ebenfalls auf die Hundertstelsekunde genau festgelegt. Die Gitarren waren nicht mit einem Kabel mit den Verstärkern verbunden, sondern über Funk. Für Freddie und Werner war es eine völlig neue Erfahrung, „kabellos" zu spielen. Dies ermöglichte den Gitarristen, sich auf der Bühne in einem wesentlich höheren Aktionsradius zu bewegen. Ein detaillierter Plan für den Wechsel der Beleuchtung während der gesamten Show wurde ebenfalls erstellt. Kurz: Nichts wurde dem Zufall überlassen!

Nach dem Soundcheck wurden die Jungs von der Band zu ihrer Künstlergarderobe gebracht. Hier konnten sie sich am nächsten Abend auf ihren Auftritt vorbereiten. Im etwas größeren und komfortabler ausgestatteten Nebenraum saßen die Mitglieder der britisch-amerikanischen Heavy-Metal-Band herum. Sie unterhielten sich gerade über die hohen Unterhaltszahlungen an ihre Ex-Ehefrauen und die hohen Kosten für die britischen Internatsschulen, die ihre Kinder besuchten. Der Schlagzeuger berichtete vom Stand seiner Vorbereitungen für eine Teilnahme am „Iron Man" auf Hawaii nach Beendigung der Europa-Tournee. Auf einem langen Buffettisch standen Karaffen mit Fruchtsäften, Mineralwasserflaschen, Obst, verschiedene Salate und Sushi-Häppchen. Die Musiker sahen so ganz anders aus, als man sie von der Bühne, aus dem Fernsehen oder aus der Presse kannte. Sie trugen Anzüge von Giorgio Armani und Nino Cerruti, hatten die Haare zu einem Zopf nach hinten gebunden und sahen eher aus wie Geschäftsleute. Das sagte ihnen Sweety auch, nachdem sie sich miteinander bekannt gemacht hatten. „Oh, that's what we are! We all have plenty of mouths to feed!" Sie sahen sich in der Tat selbst als Geschäftsleute, die nicht nur ihre Familien zu ernähren hatten, sondern auch die der Bühnen-, Ton- und Lichttechniker, der Transportfahrer, des Managements usw. Bands dieser Kategorie waren Großunternehmer. Nichts von wegen Sex and Drugs! „Das war früher einmal, Sweety!", sagte der Drummer. „Aber wenn Du in diesem Geschäft etwas länger überleben willst, dann musst du dich absolut fit halten!" „Schade, dass Les nicht hier ist!", dachte Sweety.

Am nächsten Abend sahen die Schwermetaller ganz anders aus. Ihre Maskenbildnerin hatte ganze Arbeit geleistet. Frisch gefärbte schwarze Haare, hoch toupiert und gelockt, Lidschatten, Tattoos auf Ober- und Unterarmen aus früheren, wilderen Zeiten, schwarze Lederwesten und breite Lederarmbänder, enge, seitlich mit Bändern geschnürte schwarze Lederhosen und schwarze Cowboystiefel mit Silbersporen. Sie sahen jedenfalls so aus, wie ihre Zielgruppe es von ihnen erwartete. Sweety lugte vorsichtig durch einen Schlitz im Bühnenvorhang. In der Halle dröhnte Heavy-Metal-Musik vom Band. „Meine Güte – die hatten bestimmt schon als Babies Lederwindeln mit Nieten!", dachte er bei einem Blick auf das Publikum. Die Halle war mit 4500 Zuschauern restlos ausverkauft. Nachdem der Posaunist von Sweetys Band ebenfalls einen Blick durch den Spalt im Vorhang auf das Publikum geworfen hatte, bekam er eine Panikattacke, klammerte sich an einer der Säulen auf dem Gang fest und stammelte: „Da geh' ich nicht 'raus! Da geh' ich nicht 'raus!" Es war zehn Minuten vor acht. Punkt 20.00 Uhr sollten sie als Vorgruppe ihre 45minütige Anheizershow für den Top

Act abliefern. Ihnen allen war schlecht! Kotzübel! Sweety sollte als erster allein auf die Bühne und mit einem 8/8 Takt starten, in den dann der Bass und nach und nach alle anderen Instrumente einsteigen würden. „Sprich Du 'mal mit ihm!", sagte Sweety zu Lohnstreifen, nachdem der Posaunist durch nichts und niemanden zum Gang auf die Bühne zu bewegen war. Nach fünf Minuten kam Lohnstreifen von der Säule am Gang zurück. „Und? Wird er spielen?", fragte Sweety besorgt. „Na ja, vom Feeling her hab' ich ein gutes Gefühl", antwortete Lohnstreifen breit grinsend. Später erfuhr Sweety, dass Lohnstreifen dem Posaunisten angedroht hatte, ihm derartig auf die Schnauze zu hauen, dass es für ihn nur noch für die Schnabeltasse und nicht mehr für die Posaune reichen würde, wenn er die Jungs jetzt im Stich ließe. Jedenfalls spielte er – und er spielte wie die gesamte Band verdammt gut. Das Heavy-Metal-Publikum war offen für Rhythm 'n' Blues. Es war sehr viel netter, als Sweety gedacht hatte. Wie toll dieses Publikum ist, das stellt es ja auch heutzutage beim *Wacken Open Air* immer noch unter Beweis. Jedenfalls – nach 45 Minuten tobte die Halle. Frenetische „Zugabe, Zugabe" - Rufe erklangen. Die Band hatte ihren Job gemacht. Sweety war sich nicht ganz sicher - aber er glaubte, Peggy und Mausi im Publikum ausgemacht zu haben…

Als sie nassgeschwitzt und jedes Bandmitglied etwa um zwei bis drei Kilo leichter in ihrer Garderobe saßen, kam der Konzertveranstalter herein. In seiner Begleitung befanden sich Dr. Hengst, der dicke Harry und Kathys Mutter, die wie immer sehr viel Haltung zeigte, auch wenn die Spuren ihres schweren Verlustes deutlich in ihrem Gesicht erkennbar waren. Sie alle gratulierten herzlich zum gelungenen Auftritt. „Respekt!", sagte der Konzertveranstalter. „Eine Band, die eine Halle so zum Kochen bringen kann, obwohl es sich nicht um das eigene Zielpublikum handelt, die darf von sich behaupten, eine große Band zu sein!" Dieses Lob von *diesem* Mann ging den Jungs 'runter wie Öl.

15 Minuten nach dem sehr erfolgreichen Auftritt der britisch-amerikanischen Schwermetaller, die eindrucksvoll unter Beweis gestellt hatten, warum sie seit Jahren „ganz oben" waren, unterbreitete der Konzertveranstalter dann der Band das Angebot, auf den restlichen Stationen der Europa-Tournee als Vorgruppe zu spielen. Nach dem Ende der Tournee wollte er dann eine LP mit der Band produzieren. Ein Wahnsinnsangebot! Ein Angebot, das sie wie ein Keulenschlag traf! Im Grunde hatte es etwas Tragisches. Einerseits erfüllte das Angebot genau all' die Hoffnungen und Wünsche, mit denen sie vor 15 Jahren gestartet waren, andererseits kam es spät - wahrscheinlich zu spät! Wie sollten sie mit diesem Angebot nur umgehen? Sie waren mittlerweile alle so Anfang bis Mitte 30, hatten Familie und sichere Jobs. Sollten sie jetzt noch den Schritt wagen, Profimusiker zu werden? Das bedeutete zunächst wochen-, ja monatelanges Touren quer durch Deutschland und Europa, später dann tägliches Proben und tagelange

Aufnahmen im Studio. Und dann der Druck, Songs zu komponieren, die sich auch verkaufen ließen! Würden sie und ihre Familien von ihrer Musik leben können?

Als die Band mit dem dicken Harry allein war, brachten einzelne Bandmitglieder Argumente hervor wie „Da macht meine Frau nicht mit, wenn ich zwei Monate von zuhause weg bin!" oder „So kurzfristig und so lange kann ich mich doch nicht von meinem Arbeitgeber beurlauben lassen! Da kann ich ja gleich kündigen!" oder „Musik soll für mich ein Hobby bleiben!" - bis hin zu „Ich hab' überhaupt keinen Reisepass für die Ostblockstaaten!" Sweety war schockiert. Sie alle kniffen! Außer Sweety. Er wollte! Als einziger.

„Deine Kumpels sind alle zu Spießern mutiert!", dachte er. Endlich, endlich hatten sie die Chance bei den ganz Großen mitzumischen, und dann wurden solch' kleinkarierte Argumente vorgebracht! „Das war's dann!", entschied Sweety. Später fragte er sich oft, warum ihm das mit dem Berühmtwerden so wichtig war. Neben jeder Menge Spaß und Geld, die er sich vom Berühmtsein versprach, wollte er, dass man sich über die eigene Verwandtschaft hinaus an ihn erinnern würde, nachdem er eines Tages den Löffel abgegeben haben würde. Er wollte ein paar Spuren hinterlassen, die seiner Existenz eine Bedeutung, einen Sinn verleihen sollten. Außerdem wollte er sein Leben spannend gestalten. Jahre später sah er ein, dass die Jungs vermutlich Recht gehabt hatten. Wer weiß, ob's auf Dauer für die ganz großen Bühnen und die ganz großen Hits gereicht hätte!? Vermutlich nicht! Aber Sweety hätte es gern probiert. Und – man kann doch immer an seinen Aufgaben und Herausforderungen wachsen! Oder?

Kurz nach dem endgültigen Nein der anderen Bandmitglieder verließ Sweety die Band. Sollten sie sich doch einen anderen Drummer suchen und weiter über die Dörfer ziehen! Der Abschied fiel Sweety nicht leicht. Er erfolgte für immer und nach der Taktik der *Verbrannten Erde.* Anders ging es nicht! Es musste wehtun – ihm und den anderen! Etwas, das er sehr liebte, musste vollkommen zerstört, kaputt gemacht, weggestoßen werden - als Voraussetzung für einen Neuanfang. Ja, er würde mit etwas ganz Neuem beginnen! Und dazu musste er sich selbst wieder erst einmal mit dem Rücken zur Wand stellen. Aus dieser Position heraus entwickelte er immer seine besten Ideen und kam in die Gänge, schwang die Hufe, tat etwas. Ein Zuviel an Gewohnheit, an Sicherheit, an ein Zufriedensein mit dem Durchschnittlichen ließen ihn schnell faul und träge werden. Der Grad der Vernichtung des Gewesenen musste dem Grad seiner Enttäuschung über die Ablehnung des Angebots durch die Bandmitglieder entsprechen. Und deshalb konnte es nur eine totale Vernichtung sein! Seine Enttäuschung, seine Verbitterung, sein Verletztsein bedurften einer angemessenen äußeren Form. Die sah er in einer schnellen und unwiderruflichen Trennung. Schluss, Aus, Feierabend und Tschüss!

Irgendwann spät abends holte er heimlich sein Drum-Set aus dem Proberaum und verhökerte es am nächsten Tag zu einem Schleuderpreis an einen seiner Schlagzeugschüler. Eiskalt! Dann informierte er telefonisch die Jungs aus der Band – und fasste nie wieder einen Trommelstock an. Einladungen zu späteren Konzerten mit dem neuen Drummer der Band kam er nicht nach. Er wollte und er konnte nicht! Zwei Jahre nach seinem Abschied löste sich die Band endgültig auf. Er sah die anderen nie wieder. Er hätte sie auch nicht wieder sehen wollen!

16

Offenbar besteht eine sehr enge Verbindung zwischen Musik und Kunst. Es gibt eine ganze Reihe von bekannten Musikern, die zugleich auch sehr gute Maler sind. Und auch die führenden Köpfe der *Beatles* (*John Lennon/Paul McCartney*) und der *Rolling Stones* (*Mick Jagger/Keith Richards*) haben sich ja bekanntlich zunächst auf Kunsthochschulen im

Süden Londons kennen gelernt. Jedenfalls nachdem Sweety sich endgültig und für immer von der Band getrennt hatte, widmete er sich ganz der Malerei. Er kam also von der Musik zur Kunst – obwohl, gezeichnet und gemalt hatte er ja auch schon in seiner Zeit als Musiker. Eigentlich schon immer. Aber erst seitdem er in einer Ausstellung in Köln Bilder von *Jackson Pollock, Jasper Johns* und *Robert Rauschenberg* gesehen hatte, war Kunst endgültig sein Ding. Er hörte Rhythm 'n' Blues während des Malens und führte die Pinsel dabei ein bisschen wie Drumsticks. Schlagzeugspielen und Malen waren sich irgendwie sehr ähnlich. Der Vorteil des Malens lag auch aus ganz praktischen Erwägungen auf der Hand: Er war nicht länger auf andere angewiesen! Keine komplizierten Terminabsprachen mehr mit vier oder fünf anderen Personen für die Proben, keine Angst mehr, dass ein anderer auf der Bühne seine Leistung nicht erbringen oder durchknallen würde und – er konnte zuhause arbeiten, wann immer er wollte. Eine Rücksichtnahme auf die Befindlichkeiten anderer war nicht länger erforderlich. Er konnte *selbst* bestimmen, wohin die Reise ging.

Als Maler brachte es Sweety später auf eine Teilnahme an zahlreichen internationalen Kunstausstellungen. Jedenfalls waren die kommenden drei Jahrzehnte im Bereich der Kunst ähnlich ereignisreich, wie es die zwei Jahrzehnte zuvor im Bereich der Musik gewesen waren. Malen ist auch heute noch sein Ding!

Manchmal fragte er sich, was wohl aus Freddie, Rocco, Werner, Walter, Nobby, Pit, Lohnstreifen, Viertel Zoll und all den anderen geworden ist. Er wusste es nicht. Und eigentlich war es ihm auch egal!

1984 hat Sweety seine heutige Frau Christine geheiratet. Im Frühjahr des Jahres 1985 wurde ihr gemeinsamer Sohn, der spätere Vater des Kleinen geboren, der immer noch eifrig mit seiner kleinen, rotgelben Plastikgießkanne die Pflanzen auf der

Terrasse bewässerte. Im Radio kam gerade die Meldung, dass der FC Bayern München für die kommende Bundesliga-Saison einen der besten und talentiertesten Stürmer verpflichtet hat, den Borussia Dortmund je hatte. Ein zwanzig Jahre altes „Eigengewächs", also jemand, der aus der Jugend-abteilung des BVB 09 hervorgegangen war. Die Bekanntgabe der Verpflichtung erfolgte *kurz vor*(!!!) dem Champions League Finale zwischen dem FC Bayern und dem BVB 09. Sweety wurde es bei dieser Meldung speiübel. Er schaltete auf einen Sender mit Musik um. Sie spielten *Street Fighting Man* von den *Rolling Stones*. Es war eine Oldie-Sendung…

***

Heinz „HEGO" Gövert, Jahrgang 1953, verheiratet, ein Sohn und ein Enkelsohn. Gövert wohnt und arbeitet in Herdecke, NRW.

Viele Jahre lang hat Gövert in verschiedenen Dortmunder Rock-, Rhythm 'n' Blues-Bands als Schlagzeuger Musik gemacht. Nach Übernahme der Stelle eines Realschulrektors (1998) beendete Gövert seine Tätigkeit als Schlagzeuger; allerdings entstand ein musisch - künstlerisches Vakuum, das Gövert im Jahre 2003 mit der Wiederaufnahme einer Passion aus seiner Jugendzeit, der Malerei, ausgefüllt hat. 2010 wurde Gövert in den Vorruhestand versetzt.

Als Maler hat „HEGO" an zahlreichen internationalen Kunstaus-stellungen teilgenommen, darunter vier Ausstellungen in New York City, drei in Stockholm, zwei in Köln und jeweils eine Ausstellung in Kapstadt, in Los Alamos, in Luxemburg, auf Malta und in Orewa (Neuseeland). Mehrere Ausstellungen in seiner Region kamen hinzu. Seine Bilder wurden in vier international verlegten Kunstbüchern veröffentlicht. Gövert ist seit 2008 Vorstandsmitglied der international renommierten „Mirca Art Group", in der Künstlerinnen und Künstler aus ca. 60 Nationen vereint sind.

Seit 2006 ist Gövert als Autor von Lehrmaterialien und Trainingsbüchern „Englisch" für den Stark Verlag tätig.

Homepage: ⬚ http://hegoart.wordpress.com